quatrecouleurs

Pour H. B.

Publié en accord avec l'Agence littéraire Astier-Pécher

Le nouvel Attila
127, avenue Parmentier
75011 Paris

www.lenouvelattila.fr

Thomas
Terraqué

quatrecouleurs

« L'enseignement ne connaît qu'un seul problème, les élèves qu'il perd.

Les seuls incompétents en la matière, c'est vous puisque vous les perdez et que vous ne revenez pas les chercher. [...]

Les problèmes de l'enseignement, la mère de Gianni qui ne sait pas lire les a tout de suite compris. Il suffit pour cela de porter dans son cœur un de ces gosses recalés et d'avoir la patience de jeter un coup d'œil sur les statistiques.

Car à ce moment-là les chiffres se mettent à gueuler contre vous. À chaque coup c'est un gosse qui va travailler avant d'être égal. »

Lettre à une maîtresse d'école,
par les enfants de Barbiana,
Mercure de France, 1968

Obi à l'école

mardi, 7 h 25

Obi va-t'en et rends ta mère heureuse ! Il n'a pas rangé le matelas sous la table ni mangé les tagada qui traînent que la mère ouvre la porte, jette son sac sur le seuil, *allez allez*. S'est faite belle ce matin avec ses ongles longs jaunes et sa bouche parfumée, mais rien à faire, elle le met dehors. *Allez allez, putain de bouchon d'énergie, rends ta mère heureuse !*

Les traînées d'avions accompagnent son chemin et divisent le ciel orangé en territoires où régner. Le nez en l'air, au son de ses pas clac, Obi imagine une géographie céleste mouvante, avec gouffres, montagnes anéanties et forêts stellaires. Il sait que les frontières sont faites pour être franchies, s'imagine cavalier cosaque, aviateur intrépide ; devient de ces aventuriers qui savent que des étoiles aux aéronefs, parfois, il n'y a qu'un pas. Un avion passe au-dessus du collège chaque trois minutes, il a compté, leur lenteur l'étonne car il les bat à plate couture chaque fois qu'il fait la course. Il plaque sa main contre le ciel et mesure : ils mettent une minute environ à parcourir la distance qui sépare son pouce de son annulaire, tandis que lui, de ses grands pieds clac, il a le temps de bondir de plusieurs mètres. C'est parce qu'ils sont lents qu'ils vont loin, songe-t-il, c'est ça qu'il faut faire.

La main en l'air, Obi zigzague sur le trottoir, double les gars de la nuit qui ne dorment jamais et passe devant la station-service où les gens font la queue – car il y a une rumeur, la mère en a parlé hier soir au téléphone, que ces enculés vont encore monter le prix alors qu'eux la payent même pas, l'essence. Mais ce matin, il faut surtout se méfier des clignotements d'avions, car c'est sûr que de là-haut on le regarde à travers les hublots. On sait ce qu'il a dans la poche et on guette avec impatience le moment où il le sortira. Les messages ont circulé cette nuit, dans la ville et au-dessus des nuages ; maintenant c'est sûr qu'on sait. Il passe entre les voitures et surveille les silhouettes encapuchées, nombreuses, tête basse, l'œil parfois rivé au téléphone.

Aujourd'hui, s'il est assez fort, la vie à l'école va changer. Et si la mère savait pour les cinq euros, elle le défoncerait. Ce quatrecouleurs, il brillera dans le regard des autres plus que n'importe quel autre quatrecouleurs. Et quand le prof lui demandera d'écrire, il dira comme d'habitude qu'il n'a pas de quoi, sauf que cette fois-ci ça sera faux et tout le monde saura. Il faudra faire attention, par contre, car au collège les gens seront comme dans les rues ou les avions, les visages agglutinés aux hublots : tout le monde voudra le voir et même le lui prendre, et ils ne reculeront devant rien. Il faudra être féroce.

Obi le tire de sa poche, quelques centimètres pas plus afin que ceux qui marchent trop près ne soient pas tentés de se jeter sur lui. Sur les stories, sans doute qu'on ne parle plus que de ça : le quatrecouleurs d'Obi, comme il brille chelou, vous apportera bonheur et puissance, tuto pour le customiser encore. En prenant l'argent, hier, la fille a prononcé le mot collector. Obi aime ce mot qui veut dire rare et précieux.

De la tête jusqu'à la pointe, il est entièrement noir. Noir chromé, même, ce qui signifie qu'il est noir et brille dans le noir grâce à une sorte de magie. Les croches pour indiquer les couleurs ont été repeintes en noir, mais pas tout à fait le même que sur le corps, un noir grumeleux, sorte de goudron épais et raboteux qui ne s'use pas quand on gratte. Prudemment, il le sort en entier et le tend devant lui pour en évaluer les éclats sous les réverbères. À l'air libre on ne voit plus que sa noire brillance. Les autres enfants sur le chemin tournent la tête, s'arrêtent un instant ; un rayon, une aura traverse la rue, rallie le quartier. Ce quatrecouleurs, on dirait une ogive surmontée d'un aileron. C'est un sous-marin, une torpille déchirant les mers profondes, ou encore un de ces vaisseaux spatiaux sinuant à travers un champ d'astéroïdes. Maintenant, Obi vogue à des profondeurs inimaginables – ses lèvres murmurent des paroles de capitaine, des ordres pour parer des dangers –, quand subitement le sous-marin gagne les cieux, à plat contre le ciel orangé, épouse les masses d'air et vire sur l'aile, concurrence les traînées d'avions et les dépasse sans effort. À cent mètres, il y a une horloge cassée à proximité d'un lampadaire, république française, et un panneau d'affichage annonçant en lettres grises le nom de l'établissement.

la salle

mardi, 7 h 40

Le vide pèse lourd dans la salle à sept heures quarante, mais nulle âme qui vive pour le constater à l'exception de Monsieur V., bientôt, qui approche. Qu'on entre et on devinera les fantômes, l'évidence des milliers d'âmes furieuses qui se sont succédé ici depuis des temps immémoriaux, qui s'agitent, se rencoignent aux murs, hurlent qu'on leur fasse une issue. Lumières, reflets sur le tableau blanc des rangées de chaises et de tables, sol encore jonché des feuilles arrachées la veille, corps des crayons brisés, coulures d'encre et plastiques divers, toutes traces des batailles sans fin. Derrière l'ourlet des tables branlantes, rangs serrés des chewing-gums durs comme la pierre, et au-dessus tous les nique ta mère, la police, sale michto ou le snap de telle ou tel, enfin des crevasses fouillées à la pointe du compas et des traits rageurs arrachés à l'ennui. Il entre.

Longtemps que je ne sais plus ce que je fais ici. Des années que je viens dans la salle le matin avant huit heures, trie quelques papiers, allume l'ordinateur pourvu qu'il fonctionne – sinon débrancher rebrancher –, survole les affiches jaunies de cinéma accrochées aux murs que je n'ai jamais pu décorer, puis quelques secondes avant la sonnerie j'aspire à pleins poumons l'air chaud miasmatique jamais renouvelé de la salle, écrasé à mon tour par les voix fantômes avant les grandes embardées de huit heures. Je n'ai plus idée de mes cours, de ce qu'il faut dire, paraître, faire, ou plutôt je n'y prête plus la moindre attention. Depuis longtemps les élèves m'indiffèrent ; j'ai développé de subtiles postures comme autant de tours de passe-passe pour devenir transparent, ni amical ni belliqueux, proposant chaque jour le même accord tacite : je vous en prie, restons neutres les uns pour les autres.

À huit heures je fais mon truc par cœur. D'après un polycopié vieillot d'*Yvain ou le Chevalier au lion* auquel les gosses n'entravent que dalle, j'explique à mots comptés et lance immédiatement un exercice, n'importe lequel pour m'asseoir au plus vite, caché derrière la tour de l'ordinateur et me rendre inaccessible. En conséquence, je ne connais plus que ce drôle de bourdonnement d'élèves qui ont acheté la paix, plein d'élans à peine contenus et de rires sous cape, de mots griffonnés qu'on s'échange et de bâtons de colle qu'on lance, que j'omets de voir.

Parfois, moins par conscience professionnelle que pour me dégourdir les jambes, je parcours la salle et mon regard s'arrête sur les moisissures qui grignotent le lino centenaire, les infiltrations d'eau goutte à goutte le long de la fenêtre. Je me suis rendu si intensément sans volonté que je ne pense plus à fuir ; j'y ai songé pourtant, assez vite après le début de ma carrière, à présent j'ai oublié. Je reviens à mon bureau, ignore les deux trois mains levées, et, comme je le fais chaque fois que je pressens que les forces me manqueront pour finir la journée, je tourne la clef du tiroir et contemple un instant mon trésor caché – qui sait pour quelle raison j'en tire du courage ?

jeudi, 16 heures

Et subitement Obi, n'en pouvant plus de le chercher partout depuis une éternité, bouillant de mettre un terme enfin à la machination dont Candice et lui sont les victimes, s'exclame, rayant d'un trait de voix l'équilibre fragile établi dans la salle : *c'est bon quoi ! C'est qui le fils de iench qu'a volé mon quatrecouleurs* ? Et ledit fils de chien, Shaun au fond de la salle, se marre franchement et le jette, le quatrecouleurs, mais un peu fort. Le bel objet noir chromé suit une courbe parabolique jusqu'au pied avant du bureau ; Obi s'apprête à se jeter dessus tandis que Monsieur V., tourné vers le tableau, comprend trop tard que le tiroir est entrouvert, mais n'a pas le temps de le fermer.

jeudi, 17 h 20

Cette fois pas la force de rejoindre le bar. Ça ne peut plus continuer ainsi. Con d'Obi, garçon des rues qui n'aurait jamais dû mettre les pieds ici. Il a le cerveau déchiré, on n'a pas ce qu'il faut pour s'en occuper, et puis moi, selon l'expression consacrée, je ne suis pas assistant social. Pour qu'il la ferme et ne dise rien du contenu du tiroir, je l'ai humilié devant toute la classe – *on ne fera jamais rien avec des gens comme toi, regarde-toi, respecte-toi un peu, ou sinon respecte-moi au moins*, etc. –, pour qu'il se mure dans la honte. Mais je n'ai rien à me reprocher, non, je n'ai rien à me reprocher parce que ce n'est pas de ma faute si je dois penser d'abord à ma santé. Je n'ai pas signé pour ça. Cette fois c'est la gueulante de trop, ça ne peut plus continuer ainsi. Il faut faire quelque chose pour régler son compte à la bête qui nous dévore tous, moi, les enfants, tous ceux qui ont le malheur de se perdre dans son territoire. Je ne compte plus ceux que sa gueule a expédiés au fond de son estomac ; souvenirs innombrables des fracassés croisés un jour ou l'autre entre les murs : cet élève de treize ans retrouvé inconscient dans les toilettes, une pipe à crack dans les mains ; ce principal frustré, claquemuré dans son bureau toute la semaine pour qu'on ne vienne plus lui reprocher de suivre les ordres ; ces collègues à raison de trois ou quatre par an qui déclarent une dépression ou rongés par l'eczéma, tous ceux-là qui disparaissent et qu'on oublie assez vite dans le raffut des jours, et moi-même.

Il n'y a qu'une manière : descendre dans la réserve de la salle d'arts plastiques que le collègue ne ferme jamais à clef, fouiller dans les cartons entre les gouaches, les papiers raisins, les résidus de plâtre, trouver l'acétone.

la nouvelle

quelques semaines plus tôt

Extérieur cour, nuit encore, Madame E. s'avance en ignorant les ombres discrètes planquées sur son passage. Hésite un peu, gauche puis droite, se trompe, tombe sur l'affichette dont les gens d'ici se sont bien moqués, rappelant en caractères rouges gras assortis de cinq points d'exclamation le coût du chauffage pour le bâtiment – dix mille euros, mazette, et prière de bien refermer les portes derrière soi. Esquisses d'enfants qui s'arrachent à grand-peine du décor béton-tôle et deux arbres pour faire le nombre. On l'épie, c'est sûr, yeux dissimulés derrière des cache-cous, doudounes massives. C'est elle, que la rumeur précède.

On l'avait prévenue pour le café quand elle avait pris contact. Prendre des dosettes car la machine industrielle bugue une fois sur deux et n'est pas meilleure. Cependant la senseo fuit, encrassée de tartre et de coulures de café, constate-t-elle devant le jus pisseux qui s'échappe par le bec et par la tête. Elle regarde, un peu ahurie, les deux trois autres adultes dans la pièce qui semblent n'avoir pas remarqué sa présence. C'est la plus jeune, on la confondrait presque avec un élève. *Vous savez comment faire un café, ici ?* On l'observe, mais il est trop tôt pour dire plus que deux mots. Un type se lève malgré tout, la trentaine, l'air évaporé : *en fait, il faut appuyer bien fort avec la main pour éviter que ça fuie, parce que le joint est un peu fatigué.* Il se présente, *Monsieur V., qu'est-ce que tu viens faire ici ? – Je remplace Madame D., en français. – Ah, c'est toi. Bienvenue. On désespérait qu'ils nous envoient quelqu'un. Ça fait trois mois que les troisièmes n'ont pas eu français, ça urge un peu. Tu auras aussi une cinquième je crois. Contractuelle ?*

Quelques minutes avant le début. Polycopiés disposés sur le bureau mais l'ordi ne s'allume pas : écran bleu, ventilateur qui fait un bruit du tonnerre. Madame E. peste, débranche puis rebranche d'un geste rageur. Par la fenêtre, avec l'état d'esprit des aviateurs parés pour l'atterrissage de nuit, elle observe les formes étranges, souples et nerveuses, dont l'existence s'intensifie à mesure qu'approchent les huit heures. Elle n'a pas peur, non. On lui avait demandé, quelques mois plus tôt au rectorat, durant cet entretien d'une vingtaine de minutes qui avait envoyé son dossier du bon côté de la pile, de décrire son rapport à la jeunesse.

Elle avait souhaité qu'on reformule. *Mon rapport à la jeunesse ? – Oui, est-ce que vous êtes à l'aise avec les jeunes ?* Et un autre cravaté, un peu en retrait, avait complété : *les jeunes issus de milieux peu favorisés, vous voyez ?* Elle voyait, un peu, mais surtout elle laissa passer quelques secondes entre la question et sa réponse, afin que son mépris s'installe en toute délicatesse. *Les jeunes, c'est ça le travail.* Bien sûr, on l'avait très vite rappelée.

Regard par la fenêtre. Elle n'avait pas fait attention au nombre de perruches vertes tout droit échappées d'une bd, dirait-on ; elles font un bruit d'enfer, une dizaine installées sur la ligne téléphonique qui pendouille de part et d'autre des toits entre le réfectoire et l'administration, mais personne ne les écoute jamais. Madame E. connaît l'histoire : à la fin du siècle, ces oiseaux en provenance d'Afrique du Sud se sont échappés d'une cargaison à l'aéroport et se sont plu au climat d'ici. Désormais, on les voit partout dans la zone ; on dit qu'elles menacent la biodiversité. À l'horizon, derrière les tours bigarrées où l'on distingue les tags pour les prix au gramme, apparaît une nuée immense, elle ne saurait dire le nombre, cent peut-être, qui approche en zigzag, s'éloigne puis revient, chaque fois plus proche. Enfin sonnerie, quelques notes des *Quatre Saisons* disent qu'il faut descendre chercher les élèves.

Et non, Madame E. n'a pas eu envie de fuir la première fois qu'elle est entrée dans la salle. *Tu verras, ça viendra plus tard*, la prévient Monsieur V. devant la senseo à la récréation. *Moi, mon problème, c'est voir et entendre. Au bout de quelques mois, j'avais envie de claquer la porte à force de voir les mêmes élèves perdus dans l'espace intersidéral, incapables de rester en place cinq minutes et pour qui écrire dix lignes, c'est courir un marathon. Vraiment, lire leurs copies illisibles, qu'ils te rendent en arrachant une page de leur cahier, ça me rendait fou au début. Et puis entendre toutes leurs jérémiades, et écouter sans rien dire leurs exposés approximatifs lus d'une voix* – mais pendant que Monsieur V. se liquéfie, Madame E. s'envole et rejoint les perruches à tire-d'aile. Elle n'a aucune certitude quant au métier, mais sent le danger qui la guette : la plainte du professeur est un système au sein duquel on ne cherche plus à échouer mieux – *ou les mêmes affiches de films très pédago*, poursuit-il, *qui restent là dix ans aux murs parce que personne n'ose les virer, sinon, derrière, on voit la gueule du papier peint.* Il guette un assentiment, mais elle ignore. *Il y a beaucoup d'animaux ici, non ?* demande-t-elle. *J'ai vu des perruches tout à l'heure, juste au-dessus de la cour. C'est toujours comme ça ? – Oh oui, ça arrive. Les élèves disent que les jours où il y en a trop, c'est parce que de mauvais esprits sont arrivés… N'est-ce pas ?* Il apostrophe un collègue, queue-de-cheval et fins binocles, qui soupire, l'air vaguement amusé : *de toute façon, il y en a aussi qui disent que si on est attentif en cours, c'est qu'on aime Satan, donc…* Comme ils plongent leurs yeux dans les siens pour qu'elle entre enfin dans le jeu, elle leur fait le coup du mépris délicat, qui marche à chaque fois.

Fin de journée seize heures et grand beau sur la coursive. Ses pas lourds traversent lentement, une pile de cahiers dans les bras. Elle est épuisée, salle des professeurs hors de portée, au point qu'elle pourrait s'arrêter ici, statufiée, et fermer les yeux jusqu'au lendemain. Six heures de cours sous les salves nourries, et elle, l'impression d'une lance à incendie en main, lourde et peu manœuvrable. Le temps de la pointer vers un départ de feu – *Daline c'est ici que ça se passe* –, c'est un autre qui s'allume ailleurs – *Enzo dernière fois* –, et l'énergie qu'on met à déplacer la lance, à l'actionner, à encaisser la force de recul, est l'énergie manquante précisément pour l'éloquence, la clarté, l'attention aux détails. Mais elle ne ferme pas les yeux, continue et sourit, orgueilleuse, en anticipant la réponse qu'elle fera à ses parents quand ils téléphoneront ce soir pour savoir comment ça s'est passé.

En face, deux enfants surgissent, ne la remarquent pas – la fatigue rend sa peau transparente. Ce sont des petits, un garçon et une fille débarrassés de la gaucherie naturelle des sixièmes ; leurs corps mieux campés, démarche claire, disons cinquièmes. Ils se croient seuls, alors la jeune fille place sa main dans celle du garçon, aussi évidemment qu'on se recoiffe. Le garçon a gardé sa bouille grossie de bébé, le teint pâle, les yeux comme deux lunes.

Sans ciller, il laisse sa main au creux de la sienne, d'une égale douceur. La jeune fille nage dans un jogging trop grand pour elle. Son visage, parfaitement inexpressif, est le lieu d'un songe qui la mène loin, très loin des plaines adultes. Quelques mètres plus tard, les deux enfants se jettent l'un à l'autre un coup d'œil rieur, comme une invitation vague au chahut ; il enlève sa main et la passe sur son épaule pour l'embêter un peu ; elle ouvre à peine la bouche – *arrête* – et lui, tout heureux, remet sa main dans la sienne. Ils dépassent Madame E. qui se retourne sur leur passage. Armés d'une confiance inébranlable, ils atteignent la limite et disparaissent à l'angle.

les bugs

mardi, 12 h 35

La cour, grand plateau de goudron au soleil où tourbillonne une nuée d'enfants ; sur la gauche, Obi mêlé à d'autres à proximité des gradins. Ils se mélangent drôlement, une dizaine. Sarabande, trajectoires illisibles, fuyantes, et lui traîne son corps gonflé dans l'entrelacs des courbes, jamais dedans, jamais dehors, faisant de grands gestes et penchant exagérément le buste. Parfois, il chope un camarade et se mesure à lui de la tête, puis c'est un autre, on ne sait si c'est pour rire ou s'il faut intervenir. Ils y mettent une intensité folle, soudain se rassemblent avant d'éclater mystérieusement, hululent, s'empoignent et se jettent des lopins de gazon arrachés des parterres. On le remarque, Obi, essoufflé le visage aplati, qui lance entre deux empoignades des regards inquiets, pris entre deux feux et deux urgences : il pense qu'on l'épie, il sait qu'on lui cache quelque chose. Dans les classes, les élèves le regardent par la fenêtre, et les filles là-bas gloussent en se couvrant la bouche à côté de la porte du self. Ces créatures altières aux vêtements jolis propres et chevelures si bien fichues – Obi se dit souvent qu'il aurait préféré naître fille, et ça lui fait très peur de penser ça – sont-elles au courant ? Bien sûr qu'elles sont au courant ; ils sont tous au courant, tous. Au moment où on le lui a volé, la nouvelle s'est propagée comme les ondes du wifi, et tous ont bien ri, et tous connaissent désormais l'identité de celui ou celle qui est en possession du plus coûteux quatrecouleurs de la ville. Ils se foutent de sa gueule.

Il promène autour de lui son regard ahuri – le regard d'une vache, pensent ceux qui ont déjà vu des vaches –, aimerait deviner qui le lui a volé mais ne trouve jamais, et la sarabande le rattrape et la tête part. Obi imagine qu'au milieu des groupes en cercle quelqu'un sortira le quatrecouleurs qu'il avait caché au fond de son caleçon, et qu'il se vantera de posséder maintenant l'objet à la noire brillance qui attire sur lui toute gloire. Plus tôt, en anglais, il a trouvé un mot dans sa trousse : RDV À LA CARTABLERIE SI TU VEU TON 4 COULEURS – mais il met toujours trop de temps à sortir de la salle, cartablerie fermée avec le pion devant qui rôde. Mais ça le travaille trop, il veut savoir, et il repère Candice et Shaun qui vont vers les toilettes, et ça aussi ça le travaille. Depuis ce matin, il trouve que les choses buguent. Les murs subitement s'effritent par le bas, le béton ne tient plus, il y a des fourmis partout dans la cour. Les feuilles des arbres, hier encore jaunes et vertes avec l'odeur du printemps qui sent les filles, aujourd'hui elles sont sèches et marron et personne ne l'a remarqué. Les autres enfants aussi sont transformés, ils ont des gueules avec des dents qui remuent, gonflées d'un peu partout, des abdomens déformés, et ceux qui étaient gentils avant à présent regardent de travers et font les marmules. Les avions – on ne s'entend plus quand ils passent – atteignent des vitesses effrayantes qui les rendent imbattables. Il n'y a que les pions qui sentent que ça bugue, mais ils ne savent pas pourquoi, alors ça les énerve et ils crient sans cesse. Obi aimerait tellement avouer que tout est de sa faute. S'il avait fait plus attention, le quatre-couleurs ne lui aurait pas échappé, et le monde n'aurait pas commencé à buguer. Mais ça, il ne peut pas le dire au cpe* parce qu'il lui parlerait comme à une vache, quelque chose comme : *Obi mon pauvre golmon, qu'est-ce que tu me racontes là ?*

Et pendant que les autres s'excitent autour de lui, il voit bien qu'il n'y a qu'une issue pour son affaire : le retrouver au plus vite. Sinon, le bug pourrait s'étendre davantage jusqu'à sortir du collège, et qui sait ça buguera pareil dans

* Lexique, page 143.

toute la ville. Et à la maison aussi, très vite, il n'y aura plus de place pour dormir, et même la mère buguera et ne fera plus ses ongles en couleurs. Voilà ce qu'il craint, Obi, et pourquoi il se dirige quand même vers la cartablerie – il saura bien entrer.

mardi, 16 h 55

La salle pour nettoyage, Jocelyne ouvre c'est bordel, chaises pas sur les tables. Maugrée longtemps, fera le service minimum – *faut pas déconner, pour qui se prennent-ils ceux-là, suis leur boniche ou quoi ?* Quand elle faisait attention aux choses, elle aimait ça, faire les salles en fin de journée. Si on a l'œil, en observant les signes accumulés par terre ou sur les tables, on peut y deviner toutes les péripéties d'une heure de cours. Mesurer l'ennui au nombre des confettis éparpillés, le volume sonore aux projectiles divers, gommes, pâtes, débris plastiques ou bois sur le sol. Il faut savoir écouter le silence et mesurer son épaisseur ; avec de la chance, on entendra quelques échos des voix prises au piège. Le plus dur, c'est de les comprendre. Avant, Jocelyne extrapolait d'un rien les humeurs et les énergies agglomérées aux matières ; elle éprouvait l'aura des enfants, dont elle repérait l'empreinte peu lumineuse comme une marque délébile sur un coin de mur. En ouvrant la porte, elle ne manquait ni la colère ni les indignations, mais guettait aussi les saillies échappées folâtres, qu'elle capturait en agitant son balai.

Bouchons mâchouillés au milieu des moutons de poussière, Jocelyne peste car les pieds de chaise compliquent ses mouvements. Elle se baisse et le dos lance, non, vraiment non, à son âge elle ne va pas se bousiller la santé pour ce connard, tiens !, et puis les chaises sur les tables, c'est pas la mer à boire quand même. Le bureau de l'enseignant est entièrement recouvert de liasses polycopiées, mélangeant un récit mythologique à des exercices de conjugaison. Ça lui rappelle son collège et tout ce qu'elle détestait – pédagogification des savoirs, c'est comme ça qu'ils disent ? Vingt et un ans que Jocelyne observe les enfants irréductibles et fiers dans les couloirs, et ce n'est pas parce qu'elle n'est pas dans les classes au moment où ça se fait qu'elle ne comprend pas, au contraire, elle sait mieux parfois parce qu'elle voit depuis ailleurs. Pour beaucoup d'élèves, l'école est une machine à bouillir, à rendre stériles tous les beaux mouvements, les jolies choses par quoi s'arracher aux puissances. Jocelyne a treize ans devant les polycopiés, on lui cause chinois, on se dit qu'elle est bête, que de toute façon elle a la couleur de peau des gens qui ne vont pas loin. À présent elle est de mauvaise humeur. Jocelyne n'aime pas l'intensité de cette salle ; le silence y est épais, gluant, les échos ne vibrent pas mais tapent. Chaque fois qu'elle entre ici, la longue chevelure caudale qu'elle porte dans le dos se raidit, quelque chose la bloque. Aujourd'hui c'est pire que d'habitude, trop lourd, ça signale avec véhémence – mais non, ça non, Jocelyne ne recommencera pas à prendre soin des choses, il fallait qu'ils y pensent avant.

Puis retour au bureau du professeur pour un coup de lavette où c'est possible – celui-là, elle sait, c'est un branleur, ça se voit au bordel sur le plan de travail, le bordel du type qui ne prend le temps de rien –, puis elle repère un détail inhabituel, le tiroir entrouvert, elle regarde à l'intérieur – pas un branleur, corrige-t-elle, un taré.

mardi, 12 h 45

Comme la porte s'ouvre, Obi se cache dans l'ombre, entre le mur et l'étagère du fond. Les bruits d'enfants s'engouffrent avec la lumière, alors ce sont des hurlements. Le pion tient la porte pour l'élève qui entre, *magne-toi fallait prendre tes affaires avant*, et l'autre dit *ouais ouais deux secondes*. À cause de l'ombre, Obi voit la forme toute noire combattre la clarté, s'avancer, il frémit : c'est peut-être lui, le fils de chien. Il se fait tout petit contre l'étagère, entre les sacs dont les bretelles pendouillent et font des lianes en ombres portées ou dessinent des fleurs vénéneuses.

L'élève est à deux mètres, mais qu'est-ce qu'il fout ? Obi plisse les yeux à contre-jour, mais sent une chose molle et humide le long de son bras. Il regarde, c'est un gros lézard, très lent, anesthésié, qu'il chasse d'une pichenette.

L'élève fouille avec la tête dans son sac et le pion s'impatiente : *Moussa !*, et l'élève répète *j'arrive j'arrive*. Le lézard est tombé au sol, tout ramolli, et se traîne péniblement vers un coin. Obi pense qu'il trouvera une anfractuosité qui le mènera jusqu'aux égouts ; il imagine des égouts sous le collège où tous les animaux de la zone attendent leur heure. Ses yeux s'habituent à la lumière et Moussa a toujours la tête dans son sac. Il ne bouge plus, comme s'il couvait quelque chose de très fragile et très beau avec ses yeux. Obi exulte, voilà le fils de chien qui a volé son quatrecouleurs, hypnotisé lui aussi par sa noire brillance. Alors rien à foutre, il surgit de la pénombre, se précipite et manque de trébucher, mais Moussa réagit à peine. *Vas-y mon quatrecouleurs !* Obi lui rentre dedans avec son gros bide, ça rebondit un peu, mais Moussa marmonne, incline seulement la tête pour dégager ses yeux du sac : *vas-y y a quoi… – Sur Allah c'est toi qu'as mon quatrecouleurs ? – Mais qu'est-ce tu racontes frère ? Vas-y bouge.* Mais le pion a entendu et raboule : *qu'est-ce que tu fous là, toi ? Vous êtes bêtes ma parole !* Obi ignore, rien à foutre. D'un coup sec, il ouvre le sac de Moussa qui retire sa tête, et il voit : presque rien dedans, sauf un téléphone allumé. Moussa a les yeux rivés dessus et ne proteste même pas, bouche bée. Sur l'écran, il y a une vidéo de quelques secondes, avec des sous-titres roses pour qu'on comprenne bien sans le son. Obi ne détourne plus le regard malgré le pion qui approche. Il y a une fille en short qui fait des gestes de rap par-dessus une chanson qu'on n'entend pas. Elle a des ballons dans les mains qui éclatent les uns après les autres et l'éclaboussent de peinture rose, avant que tout recommence, sans arrêt, infiniment. Des dizaines de petits cœurs volettent à travers l'écran, car les gens likent aux quatre coins du monde. Il est impossible de détacher ses yeux du spectacle.

Maintenant vous vous barrez, c'est compris ? Puis le pion se tourne vers Obi : *et comment t'es entré là, toi ?* De toute façon le pion ne connaît rien au collège, et Obi, c'est comme s'il y vivait. C'est difficile pour eux de quitter la vidéo des yeux, mais le pion menace de confisquer le téléphone. Alors ils sortent, étourdis, avec beaucoup de rose collé aux rétines.

mauvais esprits

mardi, 9 h 20

Longtemps après, les cris résonnent dans ma tête comme des échos rageurs, emplis de détermination et de petites enculeries. Ils semblent un disque rayé, jouant à l'infini la même insupportable séquence, comme des mots ou des phrases répétés en boucle formant une suite sonore vidée de sens. Ce sont des bugs auditifs, des déraillements synaptiques, le signe quoi qu'il en soit que quelque chose ne passe pas. Parfois, les cris rebondissent toute la nuit dans mon crâne d'une paroi à l'autre, des années que ça dure, j'ai tout essayé : la musique, car s'il y a une chose qui autrefois me ramenait sans heurts en moi-même c'était bien cela ; le sport, et combien de fois à peine rentré me suis-je épuisé à courir des vingt ou des trente kilomètres en espérant que cela cesse ; l'alcool en cuites méthodiques, armé d'une bouteille de whisky milieu de gamme, mais le lendemain matin la honte était trop forte devant les élèves, avec les yeux secs, le cœur à mille et l'envie de les supplier de penser à ma petite tête blessée aujourd'hui.

Je ne pourrais pas faire le récit de l'heure précédente car les souvenirs s'étiolent, réduits à ces bribes sonores doublées de flashs animés – leurs corps vibrionnants, les grands gestes qu'ils font des bras qui, s'ils le pouvaient, s'allongeraient démesurément jusqu'au plafond, puis feraient deux ou trois fois le tour de la salle pour se désenkyloser et viendraient me chatouiller les dessous des aisselles pour la blague ; toutes leurs flexions, on dirait des squats, les mouvements de cou, les dodelinages excessifs, les mâchouillis de crayons la bave au coin des lèvres ; parfois, je rêve d'une corde très longue pour les attacher solidement à leurs chaises, et puis d'un corset pour la colonne, et de ces instruments ophtalmiques de contention pour leur garder les yeux grands ouverts sur le tableau – là, enfin, je pourrais expliquer la transitivité, la métaphore, leur faire rentrer en toute sérénité dans le crâne l'inépuisable beauté des sonnets baudelairiens. Puis, habile discoureur aux gestes calculés, je me lancerais dans de grandes digressions improvisées sur l'origine de la règle d'accord du participe passé qu'ils seraient bien forcés d'apprécier, et si cela ne suffisait pas eh bien je recommencerais, trois fois s'il le faut, car en toute sagesse je n'ignore pas que l'art du professeur est celui de la répétition.

Je me rappelle seulement qu'au moment où je lançais cette leçon sur l'imparfait – artefact scolaire parfaitement insensé, décrétant qu'on l'utilise pour les « actions d'arrière-plan » – le grand Shaun, que je n'ai jamais pu encadrer avec sa gueule allongée et ses yeux de mulot, préférait, calé contre le mur, écouter en sourdine ses derniers tubes autotunés avec le haut-parleur de son téléphone, pour bien montrer au reste de la classe que du prof de français, vraiment, il s'en bat les steaks. Et puisque les enfants sentent toujours la direction de la vérité, Shaun sait qu'en effet je ne me permets plus depuis longtemps les invectives franches, car cela me coûte trop ; chaque mot plus haut qu'un autre me dévore et me revient en boomerang entre les oreilles. Alors j'ai laissé croire que le brouhaha couvrait le grésil du téléphone, et que je ne remarquais pas les trois quatre élèves parmi les plus cons de cette classe, balancés sur leur chaise côte à côte en fond de salle, tendre l'oreille en souriant béatement.

Quarante-deux minutes avant le cours suivant, toujours pour la même classe, je fais les cent pas, contourne les chaises et les tables dont la disposition en double U s'est déformée durant les mouvements tectoniques après la sonnerie. Je jette un œil au tableau que je n'ai pas pris le temps d'effacer : lacéré de lignes, de taches qui ne partent pas, gigantesque impossible palimpseste dont les reflets pâles ne me renvoient plus, comme c'était le cas au début, la moindre image de moi-même. On m'avait dit, naguère, qu'un tableau bien géré doit indiquer à un inconnu qui ferait irruption dans la classe précisément ce que les élèves sont en train de faire. Mon tableau à moi est gribouillé d'une écriture lâche, tremblante que je ne reconnais pas comme la mienne. Ce ne sont pas des ersatz de savoirs qui se développent ici, ni leur didactisation ni les traces de leur appropriation, mais un code indéchiffrable dont la clef serait l'institution scolaire elle-même, celle qui crée les savoirs, les enseigne et les applique sans qu'ils sortent jamais du tableau blanc où ils s'inscrivent, répétés à l'infini dans un grand barbouillage d'encre qui ne s'efface pas, puis appliqués sans objet par les élèves sur les lignes de leurs cahiers 24 × 32. On me pose souvent la question en début d'année – cette élève timide qui ose enfin s'attaquer à la boîte de Pandore : *mais monsieur à quoi sert le français puisqu'on parle déjà le français ?* La réponse je la connaissais, mais je l'ai oubliée, étant donné que la métaphore et l'inépuisable beauté des sonnets baudelairiens sont insatisfaisantes à treize ou quatorze ans, alors je déroule mollement la vulgate ministérielle des nécessités d'une culture commune, d'une orthographe correcte pour trouver-un-emploi-plus-tard et de la construction-de-soi-en-tant-qu'individu-et-citoyen. Au fond je sais qu'il est temps d'arrêter parce que je fais du mal aux enfants, mais par confort égoïsme tant qu'on ne me dira rien je continuerai.

Trente-sept minutes, mais une voix claire affirmée émerge du brouhaha de l'autre côté de la cloison. Chez Madame E. le contrôle est terminé, les élèves sortent leurs cahiers. Même chahut qu'au début de mon cours à moi, mêmes exclamations vrillées, chambrages, chaiseries, rumeur lourde des sacs par dizaines qu'on déplace du sol à la table. Je m'arrête, dégage mon regard des gribouillis du tableau blanc : subitement les cris, les flashs cessent. Je connais ce moment, guette la réaction, je sais que les deux minutes suivant l'inévitable décompression des élèves sont cruciales : il faut empêcher l'hydre aux vingt-cinq gueules de se cabrer. Sans perdre une seconde, Madame E. doit indiquer clairement, fermement la voie à suivre. *Manuels à la page 43, Soumaya chewing-gum, vous vous souvenez de cette évocation de la montagne dévastée par les activités humaines ? Yasmine révisons un peu, tu me rappelles ce qu'on nomme champ lexical ? et en vitesse Soumaya s'il te plaît, très bien, c'est ça, et en quoi la présence, ou l'absence, du champ lexical de la nature peut-il nous aider à comprendre le texte ?... ah bah oui, si tu n'as pas relu, c'est sûr que tu ne peux pas savoir, je ne pourrais pas non plus à ta place, quelqu'un d'autre ?* Je m'avance vers mon tableau et jauge à l'aveugle, évalue chaque intervention et consigne – j'imagine les postures, les arabesques dessinées par les mains de Madame E. dans le vide.

quelques semaines plus tôt

C'était un lundi, Monsieur V. l'a vue arriver ainsi qu'on imagine, sur la pointe des pieds. Contractuelle, deuxième expérience d'enseignement, remplace Madame D. absente depuis trois mois car gros coup de bambou, et de l'avis de tous la pauvre ne remettra plus les pieds ici. Madame E. ne savait pas où elle débarquait, on ne voulait pas lui faire peur mais tout de même, *ici, faut voir les conditions d'enseignement. Si je peux te donner un conseil, n'oublie pas de te protéger. – C'est pas un sprint mais du demi-fond, plutôt du cross-country d'ailleurs. – T'as pas de chance, dans ta salle à toi, l'ordi est en panne depuis le début de l'année. – Le nettoyage des salles n'est plus vraiment assuré, car l'équipe des agents d'entretien fonctionne en mode dégradé*, chacun sourit de connivence à l'évocation du mot. *Et puis les élèves, ils sont en très grande difficulté. Tu as déjà vécu un peu ici ? Non parce que ça aide, de savoir comment ils vivent.* À tout cela, Madame E. ne répond rien, hoche poliment la tête. *Oh tu sais,* dit-elle finalement, *moi je pense que les élèves c'est le travail.* La formule a tourné longtemps dans la tête de Monsieur V.

quelques semaines plus tôt, un autre jour encore

Un petit groupe dans la salle des professeurs. On joue au jeu inépuisable, recommencé chaque semaine, de ce qu'il faudrait faire pour que le collège garde la tête hors de l'eau. *On veut des heures et l'argent des heures*, gueule l'un en rigolant. *Nan mais déjà, si on nous laissait prendre les élèves en demi-groupes, notamment en français et en maths...* Mais on la coupe : *et même, tu verras que si ça arrive, ils se débrouilleront pour faire ça n'importe comment... – Et puis les classes à vingt-cinq, ailleurs c'est un luxe, mais pour nous c'est juste vital. – Le pire, c'est que chaque année il faut se battre pour qu'on ne revienne pas là-dessus, et un jour ils nous niqueront et on se retrouvera en septembre avec trente élèves... – De toute façon*, dit l'intello de la bande, *on sait que c'est pas qu'un problème d'école. Ce sont des choix politiques, conscients : on regroupe dans les mêmes cloaques les familles les plus pauvres, on tasse leurs gosses dans les mêmes bahuts, on touille quelques années, voilà le résultat.* Sonnerie. Ils partent. Restent Monsieur V. et Madame E., silencieux. *Clope ?*

D'habitude les visages fatiguent au bout de quelques mois. Sous la tonnelle, Madame E. tire tranquillement sur sa cigarette, assise relâchée sur une chaise de jardin. Malotru, Monsieur V. ferait l'inventaire des accidents de son visage si sa peau n'était pas si lisse, rosie par le froid de février. Son nez est légèrement retroussé, mais aucun angle saillant. Cheveux en chignon, yeux très clairs à peine soulignés d'une ou deux rides. Il lui devine un chêne à l'intérieur, enraciné dans l'estomac, un beau et grand chêne étendant son feuillage jusqu'aux poumons et omoplates, synthétisant toutes les énergies de la journée. Les élèves sont le travail, et ils la développent. Elle respire. Il s'amuse à imaginer ce qu'elle a pu faire avant le professorat : un père diplomate et une adolescence rebelle ? Songeait à un destin en médecine avant de se raviser ? A longuement étudié de vieux livres, et subitement l'envie d'être utile ? Il n'ose pas poser la question.

Mais tu y crois, toi, demande-t-elle, *à ce qu'on raconte ? Je veux dire, la première fois que, prof, j'ai remis les pieds dans un collège, c'était l'année dernière, une rep**, *comme ici. Avant de commencer, on m'avait fait comprendre que les gosses étaient des espèces de monstres incausables, inéducables, mais qu'au moins il y aurait un minimum de thunes, de confort, des locaux décents et une organisation adaptée aux besoins. C'est ça qu'on présente aux gens quand on dit éducation prioritaire**, *et ça rassure tout le monde parce que ça permet de se donner bonne conscience : voyez les blédards et les péquenots, on les laisse pas crever, hein, on met des thunes parce que c'est notre mission – même si on le sait, au fond, que c'est peine perdue. Mais moi, c'est pas du tout ce que j'observe. Les gosses, ils sont* *là, ils nous attendent. Même très jeunes, la plupart ont une conscience vertigineuse de ce qui est en jeu ici. Beaucoup plus que nous quand on avait leur âge. Eux, ils font pas gaffe aux salles humides et aux plinthes moisies. Les tables branlantes, les chaises qui manquent et qu'on remplace par des tabourets en plastique, c'est pas leur problème. Leur problème, c'est qu'ils savent qu'ils sont loin du niveau de ceux des centres-villes, car on le leur répète souvent. Et il y en a beaucoup que ça rend malheureux, ou alors ils lâchent l'affaire, envoient tout péter. Franchement, quand on y pense, c'est quoi l'école ? C'est des élèves devant un prof. Et ça changera jamais. Les élèves, ils sont comme ils sont, ils changeront jamais non plus. Alors moi je pense que le nerf de la guerre, c'est juste nous. Il faudrait qu'on soit meilleurs. Ou alors il faudrait qu'ils embauchent ici des espèces de profs d'élite, avec plus d'expérience que nous et des qualifications spéciales, des gens qu'on paierait comme des spécialistes et qui resteraient là longtemps…*

L'a-t-elle senti, Madame E., que Monsieur V. ne veut plus réfléchir ainsi, qu'il ne veut plus être concerné par ces questions, convaincu qu'elles ne sont plus de sa compétence ? Il aurait dû rester silencieux, opposer aux élans de Madame E. les bras ballants de son impuissance. Pourtant ses mots remuent au fond de lui d'anciennes convictions ; il se rappelle le souffle et l'enthousiasme de ses débuts, quand il ne réfléchissait qu'à ça justement, comment faire mieux, comment comprendre ce qui se passe réellement à l'école ? Alors ça lui revient ; peut-être qu'il a encore quelque chose à dire, finalement, quelque chose que Madame E. n'aurait pas eu le temps d'apprendre. Ça sort de lui comme par surprise.

L'école, c'est pas comme tu dis. C'est pas une classe et un prof. C'est plus étendu, plus incertain, certains jours c'est presque sans limites. L'école, pour les gamins, c'est déjà la route de l'école, c'est le parvis le matin et le soir, les flirts et les amitiés changeantes. C'est aussi la solitude dans les couloirs, la bousculade dans la queue pour le self, les toilettes – y en a plein ils osent pas aller aux chiottes tellement c'est crade et qu'ils sont pas à l'aise. T'as déjà passé une heure dans la salle de perm' ? Tu devrais. C'est les jeux improbables avec les ballons tout niqués. Les bastons. C'est les aed, les cpe, les agents ; ils les voient plus que nous. Et pour beaucoup, ce qui se passe à l'école, c'est juste une répétition, un entraînement pour leur future vie adulte : comment pas se faire niquer ? Comment trouver des marges, des espaces où être à l'aise ? Comment échapper à la servitude qui vient d'en haut ? C'est ça qu'ils révisent vraiment, chaque heure et chaque jour. Ce qui se passe en classe, pour les gamins, c'est une fraction de leur champ d'expérience. Et nous, les profs, nous ne sommes qu'une fraction de cette fraction-là.*

– Alors tu ferais comment, toi ?

Monsieur V. soupire : *mais y a pas de solution. Pour te faire plaisir, je pourrais te dire que c'est la faute du capitalisme, des politiques ségrégatives, de la xénophobie latente, du clientélisme, etc. C'est vrai. C'est la faute de tout ça. Mais après, quoi ? Quand on a dit ça, alors quoi ? Qu'est-ce qu'on change, concrètement, pour les gamins quand on a dit ça ?* Il lève un instant les yeux au ciel, un airbus rentre les trains après le décollage : *ce qu'il faudrait* – sourire carnassier soudain – *c'est des bouteilles de gaz et un grand brasier.* Alors elle rit : *c'est fou le nombre de collègues qui parlent de cramer leur bahut.*

mardi, 9 h 55

Vingt-cinq minutes, j'écoute Madame E. derrière la cloison. Ce n'est pas la cuite ou la musique qui me débarrassera des cris. *Vous voyez comme l'expression des sentiments humains coïncide avec l'évocation d'un environnement dévasté ? – Madame c'est quoi coïncide ? – Eh bien c'est, euh, disons que c'est lorsque deux choses sont mises côte à côte et qu'elles se correspondent. À présent je vais vous distribuer un document qui représente un émoji vide, un émoji qui ne dit rien, et vous allez me le compléter avec peut-être une larme, un sourire, des yeux ouverts ou fermés, etc., afin qu'il représente tous les sentiments que vous avez éprouvés en lisant le texte.* Comme il est ample, le chêne en elle. Je l'imagine au centre de la salle, tendue concentrée déployant toute son envergure ; sa voix formant une large et confortable bulle englobant les quatre murs de la salle, à l'intérieur de laquelle les élèves restent des enfants et moi aussi, subitement. Il faudrait que ne cesse pas cette voix, que s'exerce encore et à jamais cette présence maîtrisée, rassurante ; je m'attaquerais moi-même avec plaisir au dessin de l'émoji parce que je serais sûr, ainsi, de rencontrer des lueurs inconnues dans ce texte qui pourtant m'ennuie à mourir lorsque je le présente à mes élèves.

La voix de Madame E. appelle aussi son corps ; comme elle doit se déplacer avec cérémonie mais sans rien de précieux, d'un bout à l'autre de la salle afin que tous se sentent concernés ; et comment est-elle habillée aujourd'hui ? Mais personne ne remarque jamais les vêtements de Madame E. car ils s'effacent sous elle, sous son costume inné majestueux de professeur qu'elle ne quitte jamais, oh cela j'en suis sûr, le voudrait-elle qu'elle ne le pourrait pas, et je me fige à quelques centimètres du tableau blanc, surpris de sentir pénétrer en moi la pointe fine d'un désir. C'est un désir moins de la toucher que d'être elle, d'avoir en moi le même chêne doué du même principe synthétique ; sa voix montre que l'unisson est possible pourvu qu'on y mette justesse honnêteté et désir.

Dix-neuf minutes. En même temps que le désir, qu'une mince paroi de plâtre me coupe du spectacle réjouissant d'une transmission, monte en moi un autre sentiment qu'il faudrait balayer mais qui s'infiltre, insidieux d'une injustice, car en quelques mois d'enseignement dans les conditions les plus difficiles qui soient elle réussit avec simplicité où je me trompe avec complication. À une époque, je me suis donné tant de mal pour obtenir l'adhésion via des jeux, des textes adaptés, des configurations de classe audacieuses, et je ne crois pas avoir fait progresser le moindre de mes élèves et surtout je n'y ai jamais pris – ou si rarement – le moindre plaisir. En l'écoutant parfaitement à son aise mener sa barque en briscarde, je comprends ce que j'aurais dû lui répondre l'autre jour quand elle me demandait à quoi je croyais : je crois qu'il faut savoir très vite où on est à sa place.

Alors mon amertume à la hauteur de mon désir, ce n'est pas la cuite ou la musique qui me débarrassera des cris – la voix de Madame E. s'est tue, ses élèves décorent l'émoji dans un tohu-bohu énergique –, il faut me libérer – sept minutes –, je me dirige vers mon manteau suspendu à proximité de la porte et retire de la poche intérieure une petite boîte d'allumettes. Je la triture longtemps, ça se calmera, je fais encore le tour de la classe, écrase sans y prendre garde le corps d'un stylo bic dont les morceaux s'éparpillent en éclats brillants. Au silence se superposent à nouveau les bruits cinglants de l'esprit, injures ou même simples questions au professeur ; la vision de cet abruti de Shaun avec son sourire narquois en fond de salle, ça reprend et ne s'arrête pas, les boucles raccourcies de plus en plus frénétiques, et je sais qu'il faudra accueillir les élèves dans quelques minutes et que je n'aurai peut-être pas la force de finir la leçon sur l'imparfait, de feindre aux yeux de tous et d'abord des élèves que tout se passe bien, vraiment pas, alors je gratte une allumette – imagine le brasier –, la flamme jaillit royale tumultueuse perturbée par aucun courant d'air ; j'observe la tige qui se cambre et la flamme toujours plus vigoureuse, tends le bras bien droit et le pouce et l'index haut afin que la flamme dispose d'espace, d'air, tout de quoi s'épanouir – *monsieur ?* Flamme au bout des doigts, je tourne la tête : par l'entrebâillure de la porte c'est Obi qui n'a pas frappé. *Vous avez pas trouvé mon quatrecouleurs ?* Il me considère, puis l'allumette au bout de mes doigts, marque un temps d'arrêt, surpris, ne sait comment évaluer. *C'est un chromé tout noir avec des reflets.* Alors tout se rétracte, ce que la flamme gagnait de calme et de sérénité est perdu dispersé par la voix d'Obi. Je souffle précipitamment et fais quelques moulinets de bras pour chasser la fumée. *C'est comme un sous-marin, vous voyez ?* Morceau de bois calciné entre le pouce et l'index et la vague fumée au-dessus. *C'est à cause que je l'ai perdu tout à l'heure et je crois qu'on me l'a volé.* Et je bégaye : *c'est, c'est à cause des mauvaises odeurs.* Obi : *ma mère, elle dit que ça éloigne aussi les mauvais esprits. Mais vous avez pas vu mon quatrecouleurs ?* Ça sonne.

Dans la salle de Madame E., chaises qu'on déplace, porte qu'on ouvre un peu trop fort et qui heurte le mur. D'autres élèves s'avancent au petit trot surgis du tréfonds. Obi reste là, les épaules dehors mais la tête à l'intérieur, cou de girafe. Il me fixe et je tiens encore l'allumette calcinée – vingt secondes. Les yeux d'Obi tournent, interrogent, cherchent des repères. Je me rassure : de toute façon, ça n'est pas plus insensé pour lui qu'un sonnet de Baudelaire. On ne lui dira rien. *Allez Obi, à ta place.* L'enfant acquiesce et se déplace lentement, traîne derrière lui son sac comme une carriole. Et avant l'arrivée des autres, debout devant sa table bancale : *monsieur, vous croyez que c'est nous, les mauvais esprits ?*

la virgule

quelques mois plus tôt

Toutes ces années Jocelyne s'était bien gardée d'apparaître, rasait les murs, préférait les coins, s'arrêtait à l'ombre. Si on la croisait, on la saluait poliment, *comment allez-vous*, puis elle disparaissait magiquement d'un couloir à l'autre, en empruntant l'un des corridors nombreux et cachés du bâtiment, dont elle conserve jalousement la connaissance. Elle feignait d'ignorer les existences qui s'agitent auprès d'elle coincées là pour l'éternité ; ces petites tronches fouinasses, si vives parfois qu'elles donnent l'impression de rebondir, et les adultes au contraire si lourds, qui semaine après semaine se lestent par la tête de cette limaille de plomb qu'on trouve en abondance entre les murs, imperceptible flottant dans l'air, si bien qu'à la veille des vacances, avec cet occiput de trois tonnes, elle en voit certains dont le crâne penche tellement qu'ils ont le cou sur le point de se rompre. Furtive Jocelyne, autant qu'elle a pu, arpentant le collège depuis vingt ans et plus, traînant le chariot lourd rouillé avec cette satanée roulette arrière coincée que personne ne répare jamais, mais elle en prenait son parti.

Et puis il y a eu la virgule, et pour la première fois Jocelyne a ouvert sa gueule, et tandis qu'elle beuglait au nez du principal, *à la fin marre, je ne suis pas la petite négresse du collège*, l'atéba bleue qu'elle porte discrètement sous sa blouse, épaisse comme un poing et lui tombant jusqu'au bas du dos, s'agitait de rage, tremblante, se cabrait – et on pouvait voir, entre le col et ses cheveux courts bruns laqués, la naissance de cette espèce de corde spasmodique nouée de fil bleu sur quelques centimètres, jouer comme une extension sensitive de son cortex.

De toute façon c'est clair dans son esprit : depuis que le nouveau principal a pris ses fonctions l'année dernière, les choses deviennent moches. Le précédent, au moins, considérait leur travail. Il venait parfois leur rendre visite dans le petit local de pause situé à proximité des ateliers de la segpa*, offrait les croissants, s'enquérait de la pénibilité, de la famille, une foule de petites attentions qui les faisaient se sentir, elle et les quatre autres agents, oh peut-être pas importants, mais au moins respectés, et Jocelyne aussi dans son désir de furtivité. Mais ce nouveau chef, là, avec ses manières de lieutenant d'infanterie, sa façon de regarder de haut – surtout les femmes, d'ailleurs –, il se permet de mettre son nez dans le travail des autres, de repasser derrière et de signaler sans délicatesse si ça n'est pas assez bien à son goût. Très vite, dans le local – ils étaient cinq avant mais le conseil départemental a décidé que trois c'était suffisant pour le mode dégradé –, ils se sont demandé si ça n'était pas écrit quelque part dans sa lettre de mission, même implicitement, de virer un peu de monde du côté des agents, parce que des associations de personnes en réinsertion font ça très bien aussi, et pour moins cher paraît-il.

C'était une toute petite virgule de merde, trois fois rien, vraiment, laissée par un gamin sur la cuvette des toilettes, et le chef – rien d'autre à foutre apparemment – est allé la chercher, *regardez ça, non mais regardez ça ! c'est acceptable à votre avis ?*, et Jocelyne devant la misérable virgule a précisé que pourtant, *ils ont du papier pour s'essuyer*. Était-ce une boutade, en tout cas le chef ne l'a pas goûtée, et deux semaines plus tard elle était convoquée devant une obscure sous-commission, sans doute chargée de l'évaluation de la taille et de l'odeur des virgules, pour répondre des manquements constatés dans l'exercice de sa mission. On lui a rappelé la boutade, et aussi ce *petite négresse* prononcé contre l'institution sous le coup de la colère : *c'est une accusation lourde que vous formuliez là, du racisme, carrément, vous maintenez vos propos ?* ont demandé les membres de la commission. Le chef aussi était présent, tout miel devant ces cravatés aux allures de papier peint de maison de campagne. Il leur donnait du *bien sûr monsieur, tout à fait monsieur*, souriait les dents blanches, et tous ces hommes la regardaient comme une enfant prise en faute. À l'issue, Jocelyne avait dû s'aplatir, avouer la faute pour être à moitié pardonnée – verdict : une petite tape sur les doigts et toujours la condescendance : *attention madame, on compte sur vous maintenant.* Mais sous les vêtements de ville, l'atéba n'oubliait pas et se concentrait de hargne.

jeudi, 17 h 10

Toilettes garçons, espaces emberlificotés carrelés d'orange et jaune, et six cabines en aggloméré sur deux rangées. Jocelyne ne manque pas les mégots dans l'éternelle flaque d'eau saumâtre au-dessus de la bouche d'évacuation, ni les kilomètres de pq qui s'y dissolvent lentement en attendant le coup de raclette. De l'autre côté de la porte, quelques élèves zonent, sans autorisation parentale de sortie ou bien punis. Les années précédentes, attentive, Jocelyne aurait contrôlé la rumeur des six cent et des poussières élèves, se figurant la farandole à travers le vitrage occultant. Elle aurait vérifié les auras et les circulations de fluides, l'intensité des humeurs et l'expansion des ombres sur le territoire. Car la furtivité de Jocelyne se payait de sa tâche secrète : le souci de l'esprit des lieux. Elle était la seule à écouter les plaintes des murs, les vagissements des chaises, les rengaines des chasses d'eau ; elle jaugeait l'amabilité des serrures et la colère des pas de porte. Interrogeait les moindres variations de pression atmosphérique, de lumière dans les couloirs, ne négligeait aucun écho, aucune trace de fluo sur les tables, ou la trajectoire d'un emballage de sucette porté par le vent dans la cour. Pour cette tâche, elle était seule et le travail immense, nécessitant une attention de tous les instants. Personne n'avait jamais songé que si on n'écoute pas le plâtre, l'amiante en sommeil derrière les murs, le bois gondolé des mobiliers, la moindre fissure dans les moindres matières, alors tout ce qui se fait ici sera perdu sans retour. Jocelyne seule sait que les professeurs font le cours et en aspergent les élèves, mais que ce sont toujours les lieux qui savent et retiennent.

Maintenant c'est dit, elle sera aveugle et sourde, abandonne sa tâche primordiale. Car de qui se moque-t-on à la fin ? Tout le monde le dit, qu'au collège ça crève depuis des années. Et Jocelyne l'observait au quotidien, cette crevure par sclérose et embolie de tout l'écosystème. Elle était aux premières loges et corrigeait autant qu'elle pouvait les auras brisées, écoutait les murs en souffrance, écopait où c'était possible, mais depuis sa convocation c'est niet, terminé. Ils s'en apercevront tôt ou tard, qu'il faut toujours une Jocelyne dans n'importe quelle école.

Et au coup de raclette pour virer le pq, dans l'encoignure où ce n'est pas trop humide à condition qu'on n'y pose pas les fesses, au seul endroit du collège où l'on pourrait se faire un cocon tout de sécurité, dans cette encoignure-là Jocelyne découvre Obi, accroupi, les fesses à quelques centimètres du sol, la tête dans les bras. Il halète.

l’enlèvement d’Europe

mardi, 13 heures

Obi écoute le clac de ses pas dans le couloir, ne s'en lasse pas et saute à deux pieds joints parfois pour que ça résonne mieux. Le rose sur sa rétine ne s'efface pas. Dehors c'est treize heures et quelques, les autres s'ébrouent ; on entend d'ici leurs cris de phoques aplatis par l'épaisseur des murs, ralentis par le peu de lumière et par tant d'ombres qui se dressent. Le plafond n'est pas si haut, alors il saute encore, lève ce bras qu'il rêve télescopique pour effleurer la dalle ; il voudrait en sonder la matière, molle ou dure, froide ou tiède, et inventorier les énergies qui fabriquent son école. Mais il est un peu court, ne lui manque qu'un doigt ou deux, alors il recule, s'élance de nouveau, superbe clac des pieds mais rien au bout des doigts. *Obi mais tu te fous de qui ?* Il n'a pas entendu le pion venir, celui de la cartablerie qui semble prêt, cette fois, à lui mettre une beigne avec son bras tendu vers la baie vitrée à l'autre bout du couloir, du genre soit tu te barres, soit je te cogne. *Mais non mais c'est que... – Y a pas de mais ! Tu sors !* Il n'y a pas d'échappatoire.

Plus loin, la baie vitrée casse tout, leurs bras et leurs jambes, et les pointes du soleil à travers le mangent. Obi ne pense pas qu'ils sont comme lui, les enfants ébroués, pas tout à fait comme lui ; il hésite à passer la baie comme le voudrait le pion, mais voilà, à cause de tout ce qui arrive il n'a plus envie de s'appeler Obi et d'être ce putain de bouchon d'énergie, comme dit la mère, avant que ça sonne et qu'il faille s'asseoir. Juste derrière, il entend de petits pas, beaucoup plus doux que les siens, et il sait ce que c'est, les filles, et il sait où elles vont, les toilettes, et comme le pion n'a pas suivi il y va aussi, parce qu'il veut savoir.

Les toilettes des filles sont à l'angle, mais il n'a jamais vu plus loin que l'entrée, avec les lavabos toujours pleins d'eau avec du pq humide et des mégots de cigarettes qui flottent à la surface. Les carreaux blancs du sol sont mouillés, de pisse on dirait, avec des cheveux dedans et encore du pq et des chewing-gums et des molards. Après les lavabos, il y a des rangées de portes colorées, et ça lui fait tout drôle d'imaginer derrière. Obi a déjà remarqué que souvent les filles y vont par deux, et qu'il y en a une qui reste devant la porte et la retient du pied pour qu'elle s'ouvre pas pendant que l'autre fait pipi.

Mais là, la porte est ouverte et il voit. Ses fesses nues à lui qui bougent un peu et ses mains qui tiennent sa tête à elle très bas. Elle dit : *non, non, pas comme ça*, et l'autre dit : *mais si tu vas voir*, et ses mains viennent dans ses cheveux, ses cheveux à elle qui sentent les fleurs brunes et sa voix très douce, comme quand en classe elle chuchote et que, pour être bien compris d'elle en retour, il est impossible pour Obi de ne pas gueuler, et elle répète : *pas comme ça*, et il voit que ses mains dans ses cheveux lui font sentir son nombril. Elle se racle la gorge et tousse, et ses fesses à lui remuent, et il dit : *oh oui baby*, et Obi voit ses mains à elle qui tapent sur les deux parois de la cabine, boum boum comme quand on fait les enfants dans les films.

Obi nom de Dieu tu vas me rendre chèvre ! Le pion est revenu, *dans la cour je t'ai dit !* Il tend le bras à nouveau. *Mais c'est parce que y a Candice !* Le pion soupire : *d'abord, qu'est-ce que tu fous à côté des toilettes des filles ? – Mais y a Candice*, répète Obi. Le pion penche la tête et voit Candice, seule, qui se rajuste devant le miroir sans les remarquer. Son visage est rosé – la peau d'un baby, pense Obi –, du noir lui coule des yeux tandis qu'elle se recoiffe. D'habitude, Candice ne regarde jamais Obi, ou sinon pour montrer qu'il la dégoûte parce que tout le monde sait que c'est un golmon. Et Obi lui-même l'a compris très jeune, qu'il était golmon, en se regardant dans la glace, et aussi parce qu'on ne lui a jamais dit le contraire. On dirait que Candice est en colère, ou triste, mais le pion en a marre de tout ce cirque : *Candice, si tu veux aller aux toilettes, va à celles du préau. Ici c'est fermé. Allez, dégagez tous les deux*, tandis que Shaun se faufile derrière eux, quitte discrètement les toilettes, sans que le pion ne voie rien parce qu'il est énervé. En même temps, *ça sonne, allez on va se ranger !*, mais Obi essaye de lui dire : *mais y a Shaun !*, mais le pion n'en a rien à faire. *Tu veux finir chez le cpe, toi ?* Alors il ferme sa gueule et regarde passer Candice, silencieuse, qui fait de tout petits pas pour rejoindre la classe. Obi n'ose pas lui parler parce que, sinon, il se dit que les murs du collège pourraient la dévorer.

mardi, 15 h 50

À l'entrée en classe, il sait comment éviter le piège : il faut toujours se contenir, rester le plus bas possible en soi-même, parce que c'est le moment où le prof est un chien de berger devant la porte avec les élèves qui passent complètement débandés. Pour le prof, il faut que ça file et en ligne comme un troupeau de bonnes bêtes. Obi le sait, pourtant il se fait gauler à chaque fois par le putain de bouchon d'énergie qu'il devient en entrant, avec cette chose irrépressible en lui qui gueule, gigote, roule des yeux et halète. *Obi, à ta place, dernière fois !*, mais il voulait voir Candice pour lui signaler qu'elle a encore du noir sous les yeux. Monsieur V., au fond, c'est un rêveur : il veut toujours que les élèves soient comme des enfants parfaits qui n'existent pas. Shaun rigole à l'autre bout de la salle, debout en regardant par la fenêtre, mais Obi ne prend garde qu'à Candice, et, à force de se creuser la tête, il imagine comment, avec trois cadavres de stylos, il pourrait faire un bel avion pour transporter un mot élégant plié en quatre la prévenant qu'elle a du noir. Mais : *Obi, ton carnet !*, et il devrait baisser la tête parce qu'il sait aussi, depuis le temps, qu'il faut toujours baisser la tête quand les professeurs disent des choses injustes, parce que sinon c'est encore pire. Il dépose son carnet en marmonnant des insanités presque intelligibles. Au retour, à deux pas de s'asseoir, il articule un peu mieux, parce qu'il fallait quand même le dire : *c'est parce que y avait ses fesses !*, et Monsieur V. ne comprend pas, *arrête tes bêtises et va à ta place*. En passant, Obi fait un grand sourire à Candice qui cache ses mains dans son visage.

Rappelez-vous. Nous avons lu hier que Jupiter, le dieu des dieux, avait demandé à Mercure de mener un troupeau de taureaux sur le rivage de la terre de Sidonie. Pourquoi est-ce qu'il demande ça, Jupiter ? Monsieur V. patiente, mais ça se voit très bien qu'il n'attend pas vraiment de réponse. Obi confectionne son avion, mais le bouchon du bic bleu est trop mâché et ça ne tient pas. Demba, pénétré d'effort : *parce qu'il veut rejoindre la fille, là...*, et il fait un grand geste du bras pour dire la distance qui le sépare de tout cela. *Très bien, et comment s'appelle-t-elle, cette fille ?* Mais personne évidemment n'en a rien à carrer, sauf Demba qui se démène comme il peut, jusqu'à trouver subitement l'inspiration, regard aspiré vers le noir infini d'une dalle de plafond descellée : *Agénor ? – Presque, regarde bien*, tandis qu'Obi parvient à faire tenir l'aile de l'avion avec un morceau de scotch enroulé ; il se retourne et fait de grands signes à Candice, trois rangs derrière, pour la prévenir qu'il va lancer, mais elle garde sa tête dans ses mains et Chayma, meilleure copine : *mais monsieur y a Obi qui saoule !*, alors Monsieur V. soupire, semble porter le poids de tout le savoir du monde sur ses épaules sans aucune idée d'où le décharger. *Obi pour la millième fois sors ton classeur. Si tu ne veux pas travailler, très bien, mais fais au moins semblant.* Puis il reprend, calme : *c'est donc pour séduire Europe, la fille d'Agénor, que Jupiter demande à Mercure d'amener des taureaux près du rivage où elle joue avec des amies. Enfin, Jupiter prend l'apparence d'un taureau.* C'est drôle, pense Obi, taureau, faut le prendre par les cornes, et Monsieur V. s'interrompt encore car Obi, les doigts sur la tête, mime les cornes du taureau. *Mon pauvre Obi*, dit-il tout haut, *qu'est-ce qu'on va faire de toi ?* Puis il passe à autre chose : *Chayma, tu vas nous lire de la ligne 25 à 28. – Moi ? – Allez.* Il a presque fini son avion et il y coince le mot entre l'aile et la cabine de pilotage : JE PRESQUE RIEN VU DE TOUT FAÇON PS TA DU NOIR SUR LE YEUX SIGNÉ OBI. « *La fille d'Agénor l'admire. Il est si beau ! Il ne respire point les combats. Mais, malgré sa douceur, elle n'ose d'abord le toucher. Bientôt rassurée, elle s'approche et lui présente des fleurs. Le dieu jouit ; il baise ses mains, et retient avec peine les transports dont il est enflammé.* » – *Merci Chayma. Alors, quelqu'un peut-il m'expliquer ce que signifie le mot transport ?*, et Obi s'écrie : *avion ! – Ça, c'est un moyen de transport. Le mot signifie autre chose dans ce texte.* Et Candice relève la tête et dit : *amour, ça veut dire amour.*

Bien Candice. Monsieur V. accélère. *Plus précisément, le mot transport signifie ici désir amoureux. Jupiter, transformé en taureau, éprouve un désir physique pour Europe. Le taureau est excité. Il veut qu'Europe le touche.* Et Shaun au fond de la classe, demi-dieu, *ah ah ! une grosse pipe !*, et Monsieur V. lui mettrait bien son poing dans la gueule à celui-ci, mais doit se contenter de *Shaun on se passerait bien de tes commentaires* ; enfin, effectuant les derniers réglages d'un vol à haut risque, Obi se dit que Candice est complètement dévorée par l'amour, et ça le dévore en retour de la voir ainsi, la tête dans les bras et ses cheveux noirs doux qui la recouvrent comme un drap. Shaun ne devrait vraiment pas rigoler de l'amour. Quand le prof se tourne vers le tableau, l'avion décolle mais vire subitement sur l'aile sans atteindre sa vitesse nominale et atterrit chez Kara ; éclats de voix qui ne perturbent pas Monsieur V. ; elle lit et rigole, fait passer à tout le monde jusqu'à Shaun qui en renvoie un à Obi : FERME LA.

mardi, 16 h 45

Shaun est dans les starts, sac sur la table à la sonnerie, toutes feuilles en vitesse fichues dedans. Obi sent encore venir le putain de bouchon d'énergie, d'une virulence inconnue, sans limites, car ça le révolte que l'autre rigole pareil de l'amour. Comme toujours, Shaun quitte la salle en premier, et cette fois Obi n'est pas en retard pour ranger ses affaires et sort juste après lui. Il savate Shaun par-derrière quand celui-ci passe la porte. L'autre ne s'y attendait pas et tombe comme une merde, et Chayma derrière Obi crie *woooo !* comme au foot. Alors ça lui donne encore plus de force pour mettre un coup de pied dans le ventre. Obi s'accroupit pour lui bloquer les épaules avec son genou et frappe encore, paumes ouvertes puis fermées, jusqu'à ce qu'il en ait mal aux mains. Shaun essaye de se protéger mais ça ne change rien, Obi frappe comme un sourd, découvre ce plaisir-là, insolent. Enfin on le tire en arrière très fort et on le prend par le col : *mais qu'est-ce qui te prend ?* gueule Monsieur V., tellement vénère qu'il semble prêt à frapper à son tour. Obi ne répond rien, ça reste bloqué à l'intérieur, et soudain tout est silencieux comme avant un tremblement de terre.

Avant qu'on l'emmène chez le cpe, tenu solidement par le colbac et presque traîné dans le couloir, Obi voit Candice à l'écart, appuyée contre le mur, les mains sur le ventre. C'est parce qu'elle a été enlevée à l'amour, pense-t-il. Il la regarde, elle part, mais avec tellement de douceur que ça le chavire. Il faudrait la couvrir d'une couverture bien chaude, où elle pourrait se tenir dessous avec tout l'amour qui devrait lui rester.

mardi, 17 h 05

Le cpe lit le rapport de Monsieur V. et commente *c'est très grave ce que tu as fait là, il y aura sans doute un conseil de disc'* et *tu as frappé Shaun sans raison*. Tout cela avec des mots compliqués comme dans le texte d'Agénor. *Shaun est à l'infirmerie,* dit le cpe, *il nous rejoindra plus tard quand il sera calmé pour nous donner sa version des faits. En attendant, j'aimerais que tu nous expliques, Obi, pourquoi tu as frappé Shaun. – C'est vrai ça,* ajoute le prof tout doucement, *ça nous étonne vraiment, parce que nous on sait que tu n'es pas violent. Alors, tu nous racontes ce qu'il s'est passé ?* Obi sait que les adultes prennent toujours cette voix-là quand ils parlent à un golmon ; il voit aussi les fesses de Shaun qui volent l'amour de Candice, et ses mains à elle contre la paroi qui refusent que l'amour parte. *Candice elle est toute seule, toute noire, c'est à cause du quatrecouleurs*, dit-il. Ils se regardent : il se fout de notre gueule ou quoi ? *Pourquoi tu nous parles de Candice, Obi ?* Il hésite un peu avant de tout avouer, parce qu'ils ne lui en laissent pas le choix. Pourtant, à propos d'amour, il ne faudrait jamais laisser les adultes y mettre leur grain de sel. *C'est parce qu'on m'a volé le quatrecouleurs que Candice elle a plus d'amour.* Obi pleure. Le cpe le regarde avec des yeux un peu cons et le prof de français se frotte la main sur le front, comme s'il réfléchissait à un problème difficile de conjugaison. *C'est parce que tu es amoureux de Candice et que Shaun aussi, c'est ça ?* Mais ils ne comprennent pas. *C'est pas ça*, dit-il, *c'est à cause des bugs*, mais sa peau palpite sur les côtés, et le cpe lui tend enfin une feuille du gros rouleau de sopalin derrière lui. *Vous voyez, monsieur, le texte avec le taureau ? J'ai vu le transport de Shaun, juste avant, et c'est pas juste. C'est comme dans le texte. – Attends Obi, de quoi tu parles ?* demande Monsieur V., mais un pion frappe à la porte et fait entrer Shaun. On lui a mis un grand pansement blanc sur sa tête, ça lui fait comme un bonnet, mais il a l'air très dur : *toi petite pute, t'es mort !*

Maintenant c'est impossible pour lui de tenir davantage. Putain de bouchon d'énergie. *Mais il y avait tes fesses,*

Shaun ! crie-t-il. Il se lève brusquement malgré la main du prof qui s'abat sur son épaule, ouvre la porte du bureau et s'élance – *Obi reviens ici !* – mais il court comme un dératé vers l'ombre où ne plus entendre leurs voix. Oublier les bugs et le taureau, et, délivré de toute l'école, entendre seulement le clac dans le noir qui le suivra toujours. Il s'en veut tellement, il sait que tout est de sa faute.

la phrase

il y a longtemps

Monsieur V., jeune prof frais émoulu, débarque. Tignasse luxuriante, vêtements amples, belle vivacité. Il guette, l'œil vaguement inquiet, l'apparition d'enfants dans les parages qui pourraient être ses futurs élèves. À quoi ça ressemble, un gamin du coin, comment ça bouge et vous regarde ? À l'est de la ville, hors de portée des transports en commun, le collège est à proximité d'un parc. Monsieur V. coupe par l'aire de jeux ; un frigo et un scooter désossés attendent à l'ombre d'un transformateur, un peu plus loin des cartons d'étagères ikea et quelques ordures ménagères débordent d'un container au pied des tours. Entre les herbes jaunies rases, il devine le chemin que les élèves en rangs serrés dessinent dans la terre, en une interminable bande jusqu'à la dalle où se dresse le bâtiment d'un autre âge. Murs gris, panneau d'affichage associatif pimpant surmonté d'une horloge et de l'inévitable liberté-égalité-fraternité. Monsieur V. n'a encore qu'une idée parcellaire, fantasmatique de ce qu'on fait derrière. Qu'est-ce qui se joue au collège, quelles énergies circulent quotidiennement ? Mais à cette heure, fin août début d'après-midi, le territoire est encore vide, ceux qui l'habitent se cachent. Première prérentrée.

Il croise d'autres gens bien jeunes, *salut*, geste nerveux de la main, *salut*, geste pareil, *moi c'est A. – Et moi T., quelle matière ?* Monsieur V. oublie assez vite. On lui propose un café dans la cour pour faire connaissance avec les nouveaux. Il est un peu timide, ne parle pas, découvre l'espace. Enfin on conduit les nouveaux jusqu'au réfectoire où il rencontre la cheffe, l'adjoint et deux autres personnes qu'il identifie assez vite comme les cpe. Les quatre s'assoient derrière des tables sur lesquelles sont empilés les dossiers de bienvenue qu'ils distribueront à chacun. Présentation rapide de la cheffe, chaleureuse et souriante, qui félicite, emploie les mots *passion*, *courage*, *service public*. Avec le même sourire, elle dit aussi : *environnement complexe*, *public spécifique*, *laïcité*, *exigence* – elle répète trois fois le mot exigence avant de conclure : *je vous souhaite à tous une grande et belle carrière.* Quand elle quitte le réfectoire flanquée de son adjoint, les cpe se lèvent, font le tour des tables et s'assoient dessus, manière de dire : maintenant on va causer vraiment.

Il faut pas se leurrer, hein, c'est votre première année, ça va être difficile. Certains d'entre vous, ici, vous allez péter des câbles. Parce que c'est leur job, à nos élèves, de nous faire péter des câbles – et l'autre l'interrompt : *vous verrez que depuis le temps qu'ils s'entraînent à ça, ils sont devenus très forts à ce jeu.* C'était un trait d'humour, mais les visages juvéniles en face ne rigolent pas du tout. L'autre reprend : *et nous, notre job, c'est de* – Monsieur V. la coupe, hardi, pour détendre l'atmosphère : *notre job c'est de leur faire péter des câbles aussi ?* Cette fois, on rit. La cpe veut rester sérieuse : *notre job, oui, c'est de leur faire péter des câbles aussi. Mais leur faire péter des câbles parce qu'on est sur leur dos en permanence. On les lâche pas, on leur passe rien. S'ils bossent pas, alors ils passeront leur vie en colle au bahut, et s'ils nous saoulent trop, ils aideront les agents à faire la vaisselle tous les midis. S'il faut, on appelle les parents toutes les semaines. C'est comme ça que ça marche. Ne pas laisser passer même la plus petite incivilité, un croche-patte dans l'escalier, une insulte, un papier de bonbon laissé par terre.* L'autre cpe tempère tout de suite : *on va pas vous mentir, la plupart du temps, c'est eux qui gagneront, surtout au début, le temps que vous trouviez quelques astuces. Dans ces cas-là, quand ils gagnent et que la tension est trop forte parce qu'ils vous ont fait vivre l'enfer pendant une heure, que vous rêvez d'en prendre un pour taper sur l'autre, vous n'avez qu'un seul devoir* – et toutes les deux en chœur, l'effet était calculé : *votre seul devoir, c'est d'en parler.* Elles laissent passer un temps afin que tout le monde digère bien la violence du truc.

Avachi sur sa chaise, Monsieur V. écoute les cpe, même posture exactement que l'élève qu'il était, branleur sympathique et sûr de lui, mais avec l'amabilité toujours de n'en faire pas trop. Les élèves ne lui font pas peur, vraiment pas peur, pour une raison très simple : on lui a toujours dit qu'il était passionné et que son combat était visible, communicatif. Monsieur V. est persuadé que ses élèves éprouveront la hauteur de son combat et qu'il les emmènera se battre avec lui. Durant l'été, il a beaucoup réfléchi à ce qu'il allait faire quand il se trouverait devant sa classe : avec sa faconde si particulière, cette énergie échevelée à mi-chemin de l'éloquence et du saugrenu, avec un engagement sans faille et une bienveillance de tous les instants, il croit qu'il arrivera là où beaucoup ont échoué. Quand il rêve, il révolutionne toute la didactique. Prévoit des rituels orthographiques à chaque début de cours, conçoit le français avant tout comme une activité créative, plus proche de la musique que de l'histoire-géo, envisage de ne pas donner de notes, voire de ne pas proposer d'évaluation du tout. Les livres, les élèves liront ceux qu'ils veulent, et leur travail sera de les récrire d'une manière ou d'une autre, chacun selon ses possibilités, afin qu'ils en saisissent les enjeux. Avant d'avoir jamais vu une classe ou dévisagé un élève, Monsieur V. est plein d'autant d'espoirs que de certitudes.

lundi, 17 h 30

Ce lundi, au bar, ce n'est plus le même Monsieur V. La tignasse s'est alourdie et les épaules, plus basses, nouées par la tension, gâtent des pulls larges qui n'ont plus rien de bohème. Il trimballe son vieil eastpak immémorial, dont il a remplacé les fermetures éclair cassées par des épingles de nourrice. Assis derrière un guéridon, caché par un paravent qui le protège de l'avenue où passent les élèves après les cours, Monsieur V., lentement, avec application et gourmandise, songe à Madame E. Il craque une allumette, observe la flamme puis la dépose dans le cendrier. Il l'imagine en face de lui avec la même bière, sa bouche joviale et ses yeux campés bien fixes qui ne cillent jamais. Après avoir trempé ses lèvres, elle reprendrait le récit des mille et une anecdotes de la journée *tu sais ce qu'elle m'a fait, Jaehnelia ? Nan mais c'était trop marrant parce que Et il s'est mis à pleurer c'était trop mignon Et franchement ce gamin il est casse-couilles, mais au fond c'est un génie Et quand tu vois les parents tu comprends pourquoi la gosse elle est à la ramasse* –, et ça pourrait durer des heures, et il écouterait attentivement en enchaînant les bières sans prononcer un mot, espérant que ne finisse jamais le catalogue des saloperies et des épiphanies dites comme des fables à un enfant.

Mais c'est un mensonge qu'il se raconte, car Madame E. a d'autres chats à fouetter que partager la mauvaise bière du seul bar des alentours, et d'autres paires d'yeux aussi à qui raconter les dingueries qu'elle vit ici. Pourtant, Monsieur V. ne prendrait plaisir qu'à sa compagnie. Il évite soigneusement les horaires où il risquerait de croiser ses autres collègues qui, eux aussi, ont l'habitude de dérouler le catalogue au bar. Leurs histoires à eux, trouve-t-il, ne sont que plaintes, gémissements et indignations à propos de tout ce qui manque, des dernières conneries que le chef a dites et faites dans leur dos, sur certains gamins qu'on ne peut plus voir en peinture et à propos desquels, quand on a bu un coup de trop, on confesse volontiers sur le ton de la blague qu'on leur souhaiterait un accident d'avion au retour du bled. Mais Monsieur V. le sait, au fond, qu'il n'est pas différent de ses collègues. Qu'il le veuille ou non, il est de la corporation. C'est même précisément pour cela qu'il ne les fréquente pas : en les évitant c'est à lui-même qu'il échappe, à son propre renoncement. Médiocre, voilà ce qu'il ressent, médiocre. Nous, profs de la zone, sommes le fond du panier – ou plutôt, corrige-t-il, c'est la zone et le bahut, les lézardes du béton et la direction suppôt d'une logique comptable, et les cravatés du rectorat, et les familles sous le seuil de pauvreté qui parfois ne comprennent pas l'utilité d'acheter cahiers et crayons aux gosses, et les toilettes qui puent et les ordis qui ne marchent pas, c'est le pas d'infirmières et d'assistante sociale, pas d'aesh* et les suppressions de classes, de postes chaque année, c'est toute la situation qui nous rend médiocres. Qu'on mette n'importe qui à notre place, un des beaux quartiers qui a fait les grandes écoles, un banquier ou un ambassadeur, en trois quatre ans à notre rythme ça lui dévorerait les neurones tout comme à nous, ça le rendrait hargneux et chialeur, et il se retrouverait là aussi, comme un con, à regarder au fond des verres de bière des fois qu'y apparaisse un reflet ancien majestueux de lui-même.

il y a longtemps

Bonjour, je m'appelle Monsieur V. et je suis votre professeur de français. Tout l'été il a répété la phrase dans sa tête, et rien à faire, elle lui fiche encore les jetons. Le vertige que c'est, de s'imposer comme le professeur de français d'un enfant. Comment étaient-ils, ses professeurs à lui ? Il y a eu des connards, des schlags et des bien rasés, des brillants et des chiants, des méthodiques et d'autres fumeux, et tous auront fabriqué sans le savoir le professeur qu'il s'apprête à devenir. C'est ce qui l'angoisse, dans cette phrase : il sait à quel point ces gens, dont il peine à s'avouer que la plupart, après tout, devaient être terriblement banals, ont été déterminants dans son parcours. Ses professeurs ne lui ont pas seulement appris à lire penser compter, mais surtout à n'avoir plus peur d'aucun savoir, d'aucun livre, de sorte qu'à l'issue de sa scolarité il a pu s'autoriser tous les chemins et tous les désirs. Le vertige, c'est que c'est son tour d'émanciper comme ça.

Monsieur V. imagine les visages, perfectionne ses postures, fait quelques gestes devant le miroir pour voir ce que ça donne. Il pense que la réussite de cette première année se jouera là, en entrant, installation des élèves, quelques secondes silencieuses à les dévisager, imposer son corps et respecter le leur, puis le rituel de l'appel – s'entraîner avant pour ne pas écorcher les prénoms –, enfin la phrase, impulsion première dont il faudra utiliser l'inertie sur dix mois : *Bonjour, je m'appelle Monsieur V. et je suis votre professeur de français.* Tout part de là. Il pense à la phrase comme à un sésame ouvrant les crânes en deux à l'intérieur desquels il pourra déposer précautionneusement tous les passés simples, subordonnées, métaphores et réalisme, fables et stichomythies qui peuplent son étrange matière. Et il faudra se dépêcher, songe-t-il, car une fois la force d'inertie épuisée les crânes se refermeront, et il se retrouvera bien seul dans le froid d'un cours avec toutes ces conneries.

lundi, 17 h 30

Ce n'est plus le même Monsieur V. et les allumettes ne brûlent plus dans sa main. Il a vidé sur le guéridon le contenu de la boîte et compte les bâtonnets étalés dans le résidu de bière, d'eau et de cendres mélangées qu'il essuie d'un revers de poignet. Il ne se demande plus d'où vient cette habitude, qui n'a rien d'une cérémonie tant il l'accomplit sans y penser, dans le prolongement exact de la journée qui vient de s'écouler, qui ne l'achève pas mais en prépare le recommencement.

La première fois et les suivantes, c'était un geste à la *pirouette cacahuète*, plus absurde tu meurs, des allumettes en rang d'oignons qui se disaient merde, et même prenaient vie sous les yeux hallucinés crevés de Monsieur V., la tronche basse braquée sur le guéridon, qui alternativement le réconfortaient puis attisaient sa colère. Elles semblaient gueuler si fort sur la table, les allumettes, que pour les faire taire il avait dû les jeter dans la poche intérieure de son cuir – afin qu'elles la ferment mais demeurent, ces bonnes ou mauvaises fées, tout près de son cœur.

Et ça l'a soulagé de faire ça, la première fois et les suivantes, chaque allumette tombant au fond de la poche atténuant la douleur, cette sensation pinçante qu'il a d'être pris au piège de sa fonction, sans issue à chaque heure de cours, prisonnier de la salle où il n'a plus rien à opposer aux enfants que son silence ou sa mauvaiseté ; prisonnier de la zone, aussi, où par le jeu cruel des affectations il faudrait qu'il reste encore longtemps pour gagner le droit d'ailleurs, oh sans doute pas le littoral, ça c'est impossible, mais une campagne, n'importe laquelle, picarde tourangelle orléanaise doubienne. Mais à vrai dire le problème n'est même plus de savoir où aller. C'est qu'il a passé trop de temps ici et qu'il est pris à son propre jeu. La phrase qu'il a prononcée pour la première fois il y a si longtemps devant une classe n'a jamais emporté aucun élève, et c'est son inertie qui le traîne aujourd'hui. Je suis votre professeur de français, et il ne parvient pas à ne plus l'être, ou cesser de feindre l'être encore. Les allumettes tombent dans sa poche, lentement, et chacune quittant la table devient une énergie potentielle, salvatrice heureuse, au creux de sa poitrine.

il y a longtemps

Il comprend enfin ce qu'est un élève en les voyant entrer en peloton dans la salle ; on ne le lui avait jamais dit en formation, en tout cas pas comme ça : avant d'être élèves, les élèves sont enfants, et ça lui saute aux yeux, l'ardeur et la sève en force. Intuition que les enfants ne sont élèves que dans un temps second, facultatif ; c'est un rôle qu'ils acceptent de jouer dans un petit théâtre. Ils se compriment et se dissimulent car, avant de se livrer, ils veulent savoir à qui ils ont affaire. Monsieur V. est un instant déstabilisé par ce qu'il appréhende, une pâte alerte et imprévisible, un fourmillement d'yeux qui le débusquent. Il s'était préparé pour des élèves, voilà qu'il doit entraîner des enfants. Alors c'est le moment, il reste longtemps immobile, debout droit solennel, et quand le silence est total, quelques secondes encore, on le regarde vaguement intimidé, *bonjour je m'appelle Monsieur V. et je suis*

l’argent

mercredi, 7 h 50

Certains élèves comprennent mieux que quiconque les lois qui règlent les territoires du collège, n'ignorent pas la subversion que c'est de les traverser. Exemple : Madame E. est en retard – photocopies à faire, ordi à allumer et salle à remettre en état, pas le temps pour un café. Elle voit les élèves parqués dans la cour qui attendent la sonnerie de huit heures. Parfois, certains passent la frontière et s'approchent à leurs risques et périls de la salle des professeurs, mais alors il se trouve toujours un adulte pour leur barrer la route : *non je ne sais pas si Monsieur F. est arrivé, et non je pense qu'il ne voudra pas déplacer son cours.* Pour gagner quelques secondes, Madame E. ne traverse pas la cour mais emprunte le couloir parallèle de l'administration, où quelques élèves triés sur le volet attendent au secrétariat. Elle longe les étagères en bois verni débordant de dossiers multicolores, passe devant la porte du chef, puis celle de son adjointe – leurs bureaux encombrés des mêmes dossiers, quelques plantes vertes, larges écrans d'ordinateurs où se superposent des dizaines de fenêtres logicielles imbitables, portant les noms surgis de l'esprit exalté des sous-directeurs adjoints à la performance et à la transformation numérique : adage, orion, santorin, opale, siècle, gaïa, sagesse – tous les six mois, il se fonde ainsi de nouveaux territoires que personne ne sait habiter. Mais le chef sort de son bureau d'un pas rapide et dépasse Madame E. sans la saluer. Ce pas, cette allure, elle le connaît, et devine que ça va chier parce que hier il y avait conseil d'administration. Il se dirige vers la salle des profs – passe la frontière.

Il entre, tout le monde se tait. Embraye : *comme vous le savez, hier soir le budget n'a pas été voté, car vos représentants protestaient, je crois, contre la baisse des dotations du département. Je m'en désole, mais c'est ainsi. En conséquence, certains budgets n'ont pu être renouvelés, dont celui des fournitures papier.* Inquiétude, on se demande si c'est bien ce qu'on croit, on chuchote avec une tasse de café tiède dans les mains. Une tête blonde d'ancien premier de la classe : *ça veut dire qu'on peut plus faire de photocopies ?* Le chef ne dément pas et laisse grincer. *Ça signifie*, répond-il, *que les photocopies sont désormais limitées à cent feuilles mensuelles par enseignant.* Il reste stoïque, attend la salve qui ne manque pas d'arriver. *Quoi ? Cent ! Mais vous vous rendez compte ?* Un autre : *c'est pas possible. C'est ce que j'utilise en moins d'une semaine.* Fébriles, les professeurs comptent et vérifient sur leurs mains, Madame E., en retrait, fait de même : *disons vingt-cinq élèves par classe, quatre heures de cours, un poly par cours à peu près, ça fait cent la semaine par classe. Du coup si on dépasse, on fait comment ?* Le chef, on lui trouverait l'air du type qui prend son pied et le cache assez mal : *votre compte sera bloqué et vous ne pourrez plus faire de photocopies. – Mais attendez, c'est dingue ça ! Et on fait comment pour faire notre boulot, nous ? Vous croyez que les élèves peuvent se passer de supports de cours ? Qu'on va leur claquer des cours magistraux ?* Intervention de la déléguée syndicale : *il y a quelque chose que je ne comprends pas, monsieur. Chaque année, vous répétez la même chose à ceux qui arrivent, pour les rassurer : puisque nous n'avons pas le budget pour prêter des manuels aux élèves – remarquez que c'est une exception en éducation prioritaire – nous nous engageons à ne pas limiter le nombre de photocopies, comme cela peut se faire ailleurs. Et là, vous revenez dessus, en nous imposant un truc intenable ?* Ça se voit que le chef ne peut pas la sacquer. Il s'empourpre : *mais c'est vous, madame, qui avez choisi de voter contre mon budget !* Il accentue le mon. *Si vous aviez voté pour, nous n'aurions pas cette conversation. – Vous êtes en train de nous dire* *que c'est votre manière de nous sanctionner d'avoir mal voté ?* Pour un peu, on lui jetterait des marqueurs à la gueule. – *Non madame, je vous explique les conséquences de vos actes.* Un professeur d'anglais, tendu : *c'est n'importe quoi ! C'est pas la première fois que le budget est refusé… D'habitude, quand ça arrivait, vos prédécesseurs acceptaient de demander une avance le temps de régler les choses.* Mais l'autre se rengorge : *eh bien monsieur, sachez que je viens d'avoir le dasen* au téléphone, qui me demande de ne pas solliciter d'avance. Vous n'allez tout de même pas me reprocher d'obéir à ma hiérarchie ? – Et le service public d'éducation, hein ?* Le chef laisse un blanc, puis balance son menton en avant : *vous les connaissez, les chiffres, monsieur, ou vous me sortez juste les grandes phrases ?* Et le prof d'anglais, bravache, soutient : *je les connais un peu, ouais ! – De toute façon c'est toujours pareil,* cingle une voix outrée, toute petite, cachée derrière le cercle des profs en colère, *vous vous en fichez parce que c'est pas vous qui devrez expliquer aux gamins pourquoi désormais il n'y aura qu'une photocopie pour quatre. – Mais je ne m'en fiche pas du tout, madame, c'est bien mal me connaître. Cependant c'est comme ça. S'il n'y a plus d'argent, c'est pas moi qui vais l'inventer.*

mercredi, 8 h 20

Grève, murmure Obi, *grève grève*, en faisant clac. Il remonte le couloir et observe, par la baie vitrée, la masse coulante des élèves agglutinés au portail qu'on renvoie chez eux, car dès à présent, les profs ont pris la décision de cesser le travail. *Grève*, répète-t-il, mot magique que le principal vient de prononcer au micro dans la panique, parce que *par manque de personnel, les conditions de sécurité ne sont plus réunies pour un accueil serein des élèves*. À peine entrés dans le collège, les élèves doivent en ressortir, mais Obi est passé entre les mailles du filet, car personne ne fait jamais gaffe au petit golmon qui traîne. L'atmosphère est au chaos, les murs vibrent, les perruches se massent sur les toits du collège et le principal en personne, flanqué de quelques pions, hurle ses ordres dans la cour afin que les gosses dégagent.

De tout cela cependant, Obi, dont le cerveau semble parfaitement étanche au monde, ne perçoit rien du tout. Arrivé à la coursive, il se baisse sur ses genoux afin qu'on ne le voie pas d'en bas, et, puisqu'il trouve qu'ainsi il ressemble à un danseur, il effectue quelques étranges mouvements des mains, comme des vagues dessus-dessous, une chorégraphie de mer et de rivage pour nager à contre-courant. Il se dit que peut-être, s'il a de la chance, il pourra rester dans le collège même après que tout le monde sera parti, et alors il aura le champ libre, toute la nuit peut-être, pour retrouver le quatrecouleurs.

Il regarde par terre, dans les coins, et touche du doigt les plinthes. Il se demande comment la poussière apparaît, qui la fabrique et pourquoi, ce qu'on peut faire de la poussière, peut-être des plumes pour des oiseaux mécaniques. Mais il ne faudrait pas tomber sur la dame du ménage avec la queue bleue derrière la tête, parce que lorsqu'elle est seule et que les adultes ne rôdent plus, elle retire sa blouse et alors sa tentacule furète et tournoie au-dessus d'elle, invoquant toutes sortes de monstres. Il pense que s'il la croisait ainsi, elle l'enserrerait très fort et le garderait près d'elle, pour toujours, dans le placard à côté des toilettes où se trouve son terrier.

Madame E. fulmine en empruntant les escaliers, parle toute seule : *putain on en est là, quoi. Les vidéoproj' sont déjà tous niqués, maintenant faudra compter nos photocopies à l'exemplaire près.* Elle voit déjà la scène : projeter un texte sur l'écran bleuâtre à cause de l'ampoule qu'il aurait fallu changer il y a deux ans, et demander aux élèves de le recopier proprement. Et tout ça tourne dans sa tête, elle s'imagine négocier avec untel ou untel qui aurait du rab afin qu'il la dépanne de quelques dizaines de feuilles pour finir le mois, *nan mais c'est ridicule. Et* *bientôt quoi ? On cotisera pour payer le papier ? Est-ce qu'ils le savent seulement, là-haut, à quelle vitesse ça crève de leurs mesquineries, l'école ? Ou peut-être que ça crève sans discontinuer depuis trente ans* – elle dit trente, c'est au pif – *et que nous, les nouveaux, on se catastrophe parce qu'on a l'impression que c'est exceptionnellement dégueulasse et inadmissible, ce qui nous arrive. Mais les vieux routiers, ceux qui sont là depuis la préhistoire, ils savent que ça a toujours été comme ça, dégueulasse, inadmissible et mesquin, depuis la nuit des temps scolaires.* Madame E. ne fait pas attention où elle marche, car elle voit la tronche du chef, *putain de carriériste*, elle l'a tout de suite cerné, *super mascu aussi, connard prêt à priver le collège de papier pour mettre les comptes dans le vert et obtenir sa putain de promotion vers un gros lycée.* L'année prochaine, de toute façon, il se barre, et elle aussi probablement – mais elle fait si peu attention à ce qui se passe devant elle qu'à l'angle de l'escalier et de la coursive, *excuse-moi mon grand*, puis elle regrette le mon grand, car elle ne veut pas laisser croire qu'ils sont comme des petits sans défense. Elle le connaît, c'est celui qui traîne. Des histoires un peu glauques tournent à son sujet en salle des profs, mais c'est toujours des on-dit. On dit que son père a disparu du jour au lendemain et que parfois Obi dort dehors quand la mère réclame de l'intimité. On dit aussi que c'est inadmissible qu'il n'y ait pas de prise en charge par l'ase*, mais bien sûr c'est compliqué parce qu'ils sont débordés. Ce qui est sûr, en revanche, c'est qu'Obi a le pouvoir d'apparaître n'importe où et à toute heure dans le collège, là où on s'y attend le moins.

Madame E. a à peine le temps de mettre ses mains en avant pour se protéger de celles d'Obi qui fait des gestes bizarres. Il recule d'un pas, la considère avec étonnement, *c'est pas grave c'est pas grave madame. – Mais tu n'es pas censé être là, toi. On n'accueille pas les élèves aujourd'hui, tu le sais ?* Mais après tout, ce n'est pas son problème, et elle voudrait monter dans sa salle pour faire le compte des polycopiés inutilisés pour sa séquence de troisième – alors il fait un pas vers elle, brusque, comme s'il voulait appuyer du pied sur un bouton. *Attention... Qu'est-ce qu'il y a ? – Rien madame, rien, c'est juste que...* Elle l'encourage, essaye de masquer son impatience. *J'ai perdu mon quatrecouleurs dans le collège et je dois le retrouver parce que sinon ça va continuer à mal aller, comme avec Candice. – Mal ? Mais qu'est-ce qui va mal ? – Vous avez pas remarqué, vous ?* Elle le détaille de haut en bas : sa bouche, un peu pliée, dessine une vague. Il se moque d'elle. Alors pour la forme : *mais non, ne t'inquiète pas, ça ne va pas mal. C'est juste une grève et demain les cours reprendront comme d'habitude. – Mais c'est pas les cours, madame, c'est le quatrecouleurs. – Va voir à la vie scolaire, parfois ils récupèrent des choses.* Elle reprend son chemin tandis qu'Obi la suit des yeux.

Plus tard, nouvel escalier, Obi aperçoit une silhouette rapide qui coupe et monte les marches deux à deux. Odeur familière, laquelle ?, et l'ombre a déjà passé l'angle. Par terre, ce n'est pas le quatrecouleurs mais une allumette noire qui sent le brûlé. Il la ramasse.

le feu

jeudi, 17 h 10

Toujours dans mes pattes, toi ! Obi lève doucement les yeux, et ce n'est pas qu'il pleure malgré les larmes qui coulent sur ses joues, c'est autre chose. C'est qu'il ne comprend pas. Monsieur V. hurle encore dans sa tête et Jocelyne observe son aura criblée. *Madame, c'est quoi le transport ?* demande-t-il en pleurnichant, car c'est impossible de mettre de l'ordre dans ces choses-là. Ses gros doigts boudinés triturent une allumette calcinée. Au loin dans le couloir, on entend un pion qui gueule : *Obi, reviens ici tout de suite !* Elle le regarde : *qu'est-ce que tu as fait encore ?* Il ne sait pas dire, remet la tête dans ses mains. *Et où tu as eu ça ?* demande-t-elle en désignant l'allumette. *C'est parce que…* Il hésite, essuie la morve d'un revers de main. *C'est parce que j'ai perdu mon quatrecouleurs.* Elle se renfrogne : *je comprends pas ce que tu me racontes* – mais elle ment. Elle comprend très bien, en vérité. Elle sent la rupture d'équilibre et les détraquements, et sait qu'elles peuvent aller très loin, ces histoires-là. Mais voilà, elle ne le fera plus, ce travail de veille et d'amour. Alors elle ne dit rien, lui sourit tendrement comme on fait aux gosses pour lesquels on ne bougera pas le petit doigt. *Allez, je te laisse tranquille.* Elle quitte les toilettes sans finir le nettoyage, emmerde le chef, qu'il bouffe bien ses virgules.

Trente minutes plus tard, Obi est encore là, ne sachant que faire de ce sang qui bat ses tempes. On ne lui a jamais dit que ce qu'il éprouve là porte le nom de fureur ; il ignore d'où lui viennent ces pleurs, le souffle court et le trop de mille mots qui encombre sa gorge. Obi a toujours cru – c'est même la seule chose qu'il tenait pour acquise au long de ces journées insensées où l'existence se résume à se lever s'asseoir, fermer sa gueule ou prendre des chasses, car suivre ce mouvement-là nécessite une volonté de fer, une application dont seuls les autres sont capables – il a toujours cru que les professeurs aimaient les élèves, même les plus golmons comme lui, parce que sinon ils ne seraient pas avec eux dans cet endroit-là – parce que autrement, qui voudrait être là ? Les choses se mélangent. Il refait dix fois la scène : lui et les fesses gigotées de Shaun, et Monsieur V. comme un pantin éructant ; le noir magique du quatrecouleurs et les cheveux de Candice ; lui debout stupide le regard fixé sur le contenu du tiroir que Monsieur V. a oublié de fermer ; et il revoit chaque postillon du professeur s'écraser contre son pull, chaque impact lui signifiant sa merditude, ses fautes, les adultes qu'il a déçus – et finalement sa conclusion : Monsieur V. a été méchant, mais je l'ai bien mérité parce que je n'avais qu'à pas naître aussi golmon, c'est tout, même si c'était un beau quatrecouleurs. Il dodeline de la tête tandis que zigzaguent des pensées drues, pleure et se reproche de, gratte le dessus d'un carreau fissuré, quand soudain, avec l'autre main dans la poche, il se rappelle le briquet qu'il a volé hier, et puis les allumettes – alors un éclair déchire son ciel, foudroie ses peurs, c'est d'une puissance déraisonnable, bouleversant les repères et la polarité, c'est terrible ce qui se passe en lui mais contre lui, terrible et souverain ce qui l'amène enfin à comprendre que Monsieur V. a été méchant parce qu'il a besoin d'aide.

jeudi, 17 h 50

Il asperge partout, aucun recoin n'est oublié, les tables, les chaises, le tableau, pas même le fond de l'armoire tordue où s'entassent des piles inégales de classiques. Ça sent très fort, mais les voix des fantômes se taisent, alors – c'est peut-être la première fois –, debout au milieu des vapeurs, Monsieur V. goûte la sérénité de la salle qu'il domine enfin, entièrement vidée de ses miasmes. Il s'attarde deux minutes, dans une immobilité parfaite, puis rejoint le bureau et ouvre le tiroir.

À l'autre bout du couloir, Jocelyne est en retard. Elle termine, raccroche pelle et balais sur le chariot, pose ses mains sur ses reins. Toute la journée elle a remarqué la faiblesse des auras chez certains enfants, hier si robustes, qui ne dessinent plus qu'un léger nimbe autour de leurs épaules ; elle sent l'accumulation des douleurs, la grande viscosité des flux, mais que peut-elle y faire, à présent ? Le collège lui fait peur, sa sauvagerie et son imprévisibilité augmentent. Nous ne sommes plus en sécurité ici, se dit-elle. Puis elle voit cet olibrius dégingandé, celui qui zone à toute heure dans le collège, idiot tellement qu'il en oublierait jusqu'à son prénom ; cet idiot-là court vers la salle sans lui jeter un regard, déterminé plein de fougue, puis stoppe quelques mètres plus loin sur le pas de la porte.

jeudi, 17 h 55

D'abord il faut entendre le souffle, la brise légère échappée du tourbillon qui enfle, nourri du vide, méphitismes et vapeurs d'alcool. Obi et Monsieur V. sont là, éberlués devant les lueurs invisibles bleutées, puis très vite jaillit l'étonnante concentration de lumière à la diable.

La montée de chaleur les surprend, les pousse à reculer, mais il faut la regarder encore, cette vivacité, s'assurer que ça prend avant de songer à fuir. Guidée par les jets d'acétone, elle trace ses sillons rectilignes, teigneux, sur le lino qui forcent le passage sans que rien leur fasse obstacle. Les bouchons plastiques se tordent, les feuilles, les mots abandonnés ; toutes les matières, poussières, particules et substances, tous les secrets d'une invraisemblable variété qu'une classe peut laisser derrière elle y passent sans distinction. Bientôt, c'est le vernis des tables qui cloque et fond, la peinture aux murs. Craquements secs du métal et du bois gonflé racorni, premiers crépitements, disparition de la salle.

Y pense-t-il à ce qu'il vient de faire, tandis que la grande effervescence dévore les rappels grammaticaux punaisés aux murs, et les affiches de films qu'il a tant maudites sans avoir eu jamais le courage de les retirer ? Ce sont les millions d'heures de vie commune dans la salle qui sont abolies là comme d'un coup de brosse au tableau : les contentements et les pleurs, les ennuis cafardeux, les saillies furieuses et humiliantes parfois, les révélations gracieuses de l'apprendre. Mais il y a fort à parier que Monsieur V., ébloui par le sortilège qui progresse à toute vitesse, ne songe en vérité qu'à sa part de néant ; fort à parier qu'il ne se rend pas compte, qu'il ne mesure pas la portée au moins symbolique de son entreprise, car dans le mouvement même, catastrophique, qui voudrait l'en libérer, il reste pris dans la pesanteur hébétée des jours se succédant aux jours. En vérité Monsieur V. ne songe qu'à disparaître, à être happé par le désastre pour devenir cette frénésie sans corps dont il convoite la souplesse et la chaleur, pour hériter de ce don d'ubiquité d'être et de ne pas être en même temps, mû par le désir de s'étendre ou mourir.

Il faudrait partir maintenant, Obi le sait, sinon ce qui mange la salle les mangera aussi. Il hésite à faire chacun pour soi et détaler, mais Monsieur V. reste voûté – *Monsieur !* hurle Obi. Alors Monsieur V. tourne la tête, le regarde et grommelle, *fini à la pisse celui-là*, mais il ne lâche plus son visage, car Obi est le visage de la salle.

fétiches

mercredi, 7 h 55

Obi s'engage en claudiquant, le manteau enfilé d'une seule manche et le reste qui traîne sur le bitume. *Obi !* crie le surveillant, *pourquoi t'es parti en courant de chez le cpe hier ? Donne-moi ton carnet !* Obi ne sait pas trop et préfère sauter en l'air pour le clac, semelles contre le sol, et puis se perd dans la masse des autres élèves. Enfin il presse le pas et s'emmêle les pinceaux, le pion lâche l'affaire, quelle heure est-il ? les autres sont déjà montés, mais pourquoi ne pas faire un détour, là, tiens, où il y a de la lumière et personne ? C'est une guérite dans laquelle une dame attend tous les jours près du téléphone, qui parfois ouvre la porte, parfois la referme – mais Obi n'est pas si bête, il sait qu'on ne sort jamais vraiment.

Il y a le manteau de la dame et son sac à main posé sur le bureau, mais pas la dame, sans doute aux vécés, et puis il s'en fout. Suspendues dans une boîte fixée au mur, Obi observe toutes les clefs du collège, se demande ce qu'elles ouvrent, peut-être la porte, combien de galeries secrètes vers dehors ? Il reste ; ici on ne le forcera pas à monter en classe. Par la fenêtre de la guérite, il voit ce monsieur qui lui fait peur marchant vers la salle des profs – on dit que c'est le chef du collège, mais Obi ne croit pas qu'il faille forcément un chef pour qu'une école soit une école, sinon il vaudrait mieux un élève. Enfin, son regard se pose sur le sac à main de la dame, et ça lui rappelle dimanche soir à la maison, quand il y avait celui de la mère sur la table. Elle n'était pas là alors il en a profité, et il a adoré plonger sa main dans le sac, tous ces petits trésors qu'elle ne lui montre jamais, des flacons de parfum vides, des morceaux de papier, des cigarettes écrasées et beaucoup de chewing-gums, d'autres choses aussi, bizarres et inconnues. Obi a pris son portefeuille et a piqué cinq euros, parce que le lendemain il allait voir la fille pour acheter le quatrecouleurs.

Alors l'occasion est trop belle : plonger la main dans le sac de la dame, il aimerait que ce soit comme revenir en arrière et corriger tout depuis les cinq euros. Mais le sac de la dame n'est pas comme celui de la mère. Quand il met la main dedans, il ne sent pas les mêmes camphre et tabac froid, les mêmes granules mystérieux dont les résidus collent aux doigts – il aimerait bien en trouver une, pourtant, une chose molle douce peluchante à offrir à Candice pour la guérir, qu'elle frotterait du pouce et de l'index au fond de sa poche quand c'est trop dur. Dans le portefeuille, il prend cinq euros en pièces, et puisqu'il ne trouve que des mouchoirs pour Candice – ça ne se fait pas d'offrir des mouchoirs à une fille qui n'a plus d'amour – il prend aussi un briquet – cela avant que le surveillant le voie à travers la fenêtre, le sermonne parce que pas le droit d'être là et *monte en cours ça a sonné*. Mais Obi s'en fout, il a trouvé un truc.

jeudi, 16 heures

Pleine salle mais la chaise de Candice est vide. Sans crier gare, après qu'on l'a traité de fils de chien, Shaun se dresse tandis que Monsieur V. se tourne pour écrire les habituels salmigondis au tableau, et d'un geste ample relâché – tout cela n'étant qu'une gigantesque marrade – il lance le quatrecouleurs à travers la salle en direction d'Obi, moins pour le lui rendre que pour l'humilier à son tour. Durant son vol parabolique, le quatrecouleurs si désirable brille de mille feux éteints ; total silence, regards braqués – en bas, dans la cour, un hérisson fatigué traverse en perdant ses piquants, pendant que des élèves font rebondir un ballon de basket sur une table de ping-pong en béton. Obi tend les bras pour l'attraper au vol, mais le quatrecouleurs pivote sur son axe de rotation et lui échappe, tombe au sol et poursuit sa course pour s'arrêter au pied du bureau au moment où Monsieur V. se retourne. Obi, debout prêt à se jeter sur le quatrecouleurs, reste paralysé à un mètre du professeur, tout comme Monsieur V., voyant ce qu'Obi découvre par accident.

Peut-être que Shaun lui-même a l'intuition que se noue là l'acte final de la catastrophe, car illico il se rassoit, pas vu pas pris ; cela se voit comme le nez au milieu du visage que celui qui est mortellement touché par le lancer de stylo n'est pas Obi mais Monsieur V., touché non dans son métier ectoplasmique de professeur mais dans son être-adulte même, et que ce n'est plus un problème de stylo qu'on lance et d'insultes proférées – ça il s'en tamponne tout le monde le sait – mais un problème d'Obi, de ce qu'il voit parce qu'il est debout près du bureau et que les autres ne peuvent pas voir. Son regard reste bloqué. Obi ne regarde pas le professeur mais plus bas, à côté – et que se passe-t-il dans cet esprit où l'expérience sensible semble une ombre parmi d'autres ? –, et Monsieur V. vacille : trois secondes le regard d'Obi, vif et chaud, perplexe, braqué sur le tiroir ouvert du professeur.

Des centaines, des milliers d'allumettes accumulées en vrac jusqu'à ras bord du tiroir. Abondance des morceaux pointillés de rouge faisant épaisseur sur une dizaine de centimètres – à ras bord, littéralement. Obi ne voit pas les allumettes, il voit le marécage, la mer encombrée de bois mort, une masse inerte huileuse de laquelle surgiront toutes bestioles, tous monstres qui attendent depuis longtemps cachés dans le noir que déguerpissent les élèves. D'ailleurs, il jurerait que ça bouge un peu sous la surface absurde, devine des flétans, des crabes qui affleurent.

Les allumettes, Monsieur V. les prenait au comptoir le soir après les cours pendant que lui revenaient les échos de la journée, puis les jetait une à une dans la poche intérieure de son cuir. Le lendemain, au collège, il trouvait tout naturel de les déposer dans le tiroir, afin qu'elles absorbent pour lui heurts stridences et râpements, que les gueules des élèves et leurs à-coups soient amortis, absorbés par le bois – et si parfois, dans l'intervalle entre la fin d'un cours et le début d'un nouveau, quand il ouvrait le tiroir quelques secondes et contemplait sa fortune, il se demandait si son plaisir était raisonnable, la majorité du temps il oubliait le sens de cette manie et rêvait sérieusement au moment où, à force de croissance, les allumettes déborderaient du tiroir et s'imposeraient jusque dans la salle. Alors, avec elles étalées sur toute la surface du lino au point qu'on ne distinguerait plus un centimètre carré de cette couleur ocre mouchetée de verdâtre, que le bois crisserait sous ses semelles professorales, il reprendrait vigueur et sa voix porterait à nouveau ; il se déplacerait vivement, alerte, dirait la grammaire et la littérature avec cette éloquence subtile et drôle qui transforme les élèves.

Mais qu'est-ce que tu fous, hein ? C'est quoi le projet ? Obi n'ose pas lever les yeux et ne les détache pas du tiroir marécageux qui s'impose à son monde avec violence. Le quatrecouleurs, pourtant si proche, n'est plus qu'un morceau de plastique ; le regard du professeur suffit à rendre dérisoires ses pouvoirs, dans ce territoire hostile mais familier qu'est la salle. Monsieur V., à quelques centimètres du bureau, le domine de toute sa stature et le fusille du regard. Son corps tremble de colère ; Obi ignorait que le corps des professeurs pouvait jeter ce venin-là. Il ne comprend pas les forces intraitables qui règlent le monde réel, jaillissent du tiroir et le giflent. *Tu sais combien ça coûte aux familles, à la ville, à l'état, les élèves comme toi ? Tu sais à combien de pauvres malheureux on refuse une chambre, des repas ou des soins, parce que des élèves comme toi sont dans le système mais n'y foutent rien ? Tu devrais avoir honte ! Honte !* Il crie vraiment très fort. Aissatou déléguée de classe et perles bordeaux dans les cheveux s'indigne à voix semi-basse, *c'est pas juste ce que vous dites monsieur – Bien sûr que si c'est très juste !* Elle hausse un peu la voix, soutient timidement dans le fracas *mais non c'est pas juste*. Il s'en contrefout. *Est-ce que tu as au moins une idée, Obi, de ce que tu glandes ici depuis deux ans et demi ? Moi je sais, non, t'en as aucune idée, alors il serait peut-être temps d'y réfléchir sérieusement.* Une pause, Yanis derrière serre les poings de rage, quel enculé franchement, Shaun panique en silence, Monsieur V. reprend : *nan mais sans rire, on ne fera jamais rien avec des gens comme toi, regarde-toi, respecte-toi un peu, ou sinon respecte-moi au moins.* Obi arrache son regard du tiroir et le promène bêtement de visage en visage parmi les élèves consternés jusqu'à la chaise vide de Candice, *et ça sert à rien de pleurnicher pour m'attendrir, ça marche plus ça* – Kelyan résiste, *mais monsieur vous avez pas le droit de nous dire ça*, et Aissatou rajoute, imposant un silence supérieur : *monsieur on est des enfants quand même.*

Alors il bredouille, terrassé par l'enfance : *oui mais quoi, bon, ça vous donne pas tous les droits non plus* – et très vite pour couper court il signe la fiche d'exclusion, motif insolence, et la tend à Aissatou, *ramène-le à la vie scolaire, moi je le supporte plus.* Elle se lève pour prendre la feuille, mais marque un temps, et Monsieur V. devine effaré ce qui la traverse. Aissatou à la belle chevelure le défie du regard : *non, j'irai pas.*

Huckleberry Finn

mardi, 10 h 35

« *Et je me dis, voilà ce qui arrive quand on réfléchit pas. Ce nègre que j'avais pour ainsi dire aidé à s'enfuir, voilà qu'il disait tout à trac qu'il allait voler ses enfants* »

– *Wallah c'est raciste !*

Et ils se dressent et la salle se cogne de houle. Murmures et soupirs, indignations, rigolis fuyants, interruption du lent cheminement de la voix. Je lâche un instant le texte des yeux, regarde, et les élèves incrédules répètent ce qu'ils ont bien cru entendre. *Il a dit le mot nègre. – Monsieur vous avez pas le droit de dire nègre.* Yanis, capuche sur la tête au fond de la classe, maugrée : *wallah c'est un raciste lui. – Yanis ta capuche s'il te plaît.* Je poursuis malgré les vagues : « *des enfants qui appartiennent à un homme que je connaissais même pas ; un homme qui m'avait jamais fait de mal* ».

– *Eh m'sieur, pourquoi vous avez dit nègre ?*

Je le sais que chaque année c'est le même cirque, toujours à cet endroit du texte, et chaque année je poursuis imperturbablement ma lecture, espérant qu'à un moment ça se calme, qu'ils cèdent ou posent pacifiquement la question en levant la main dans un silence raisonnable. À gauche, une voix indéterminée répète mécaniquement : *eh vous avez pas le droit de dire ça.* Je les regarde.

À force d'obstination et de silence – ce travail d'effacement de moi-même permettant de limiter, presque d'abolir, tout contact avec les élèves – je suis parvenu à agréger autour de moi toutes leurs frustrations scolaires, et je fais à longueur de temps comme si je ne le sentais pas. Toute la classe me considère avec de la haine d'enfants dans les yeux, hormis, çà et là, quelques-unes de ces petites filles modèles prêtes à tout encore pour s'attirer les faveurs du professeur. Alors je me raccroche à elles, qui ne se permettront jamais le pas décisif franchissant la frontière qui sépare le professeur de l'adulte.

Alors oui, il y a le mot nègre dans le texte. J'entends bien que cela vous a heurtés. Mais il faut se demander : qui prononce ce mot ? Je ne laisse qu'un temps très court et m'apprête – car surtout ne pas leur laisser le loisir de fourbir leurs armes – à répondre à ma propre question. Mais Demba est le plus rapide : *c'est un blanc !* Les yeux de Demba sont noirs et impénétrables, sa bouche sans mouvement, sa figure haute et absorbée. Ce gamin qui plane à dix mille, pas foutu d'écrire trois mots sans fautes, chaque fois qu'il cause on dirait que les pythies de la zone augurent à travers lui. *Yanis, ta capuche s'il te plaît. Demba, comment tu le sais, que c'est un blanc ?* Demba ne peut pas dire. Aïssatou lève la main, des perles bleu nuit dans les tresses : *bah parce que sinon, il insulterait pas les noirs.* Deux dixièmes de silence, je sens le piège, trop tard, Yanis répond à Aïssatou : *y a pas que les blancs qui disent nègre, frère !* Yanis ne retire pas sa capuche. *D'accord, mais revenons à la question : quel personnage dans le texte prononce ce mot ? Lisez le texte, ligne 3.* Judicaëlle, cahier toujours joli bien tenu bardé de fluo : *c'est Huck. – Parfait ! Le personnage qui prononce le mot nègre s'appelle Huck. Huckleberry Finn, plus précisément. Yanis, ton carnet, sur mon bureau. – Mais wesh j'ai rien fait ! – Justement.* Yanis ne prend pas le carnet dans son sac ni ne retire sa capuche, ne bouge pas, attend que le prof s'énerve, mais je laisse filer. Yanis gagne. *Tu viendras me voir à la fin de l'heure.* Mes couilles, il semble répondre. *Qui est Huckleberry Finn ?*

À droite contre le mur, perdu au milieu des tables, Obi combat des stylos. Ahuri, il lève vers le ciel ses paumes enduites de vert sombre. *Monsieur, monsieur, vous avez un mouchoir ?* Sur sa table, une pyramide de morceaux de papier froissés et imbibés d'encre, des ciseaux grands ouverts et un corps de stylo coupé en deux duquel s'échappe le liquide visqueux. Les stylos sont de bien mystérieuses machines qu'il faut disséquer pour accroître sa connaissance du monde. Je soupire un peu fort afin que tous comprennent bien mon exaspération : *quelqu'un a un mouchoir pour Obi ?* D'une saccade, Obi se gratte la pommette avec vigueur et s'étale de l'encre sur le visage. Je répète : *qui est Huckleberry Finn ? – Mais monsieur ça pique dans les yeux !* Alors j'explose : *je m'en fous, Obi !* Je ne commets plus que rarement l'erreur de sortir de mes gonds et m'en veux immédiatement. Poursuivre, poursuivre quoi qu'il en coûte le cours sur le récit d'aventure – à propos duquel je ne sais d'ailleurs trop que dire, sinon que c'est un récit où l'on part à l'aventure –, mais Shaun bascule sa chaise en arrière en ricanant, et Candice fouille enfin dans la poche extérieure de son sac pour donner un kleenex à Obi. Il ouvre ses yeux tout enflés cerclés de vert, la regarde, *merci*, ouvre grand la bouche pour former un rictus à l'apparence de sourire, il a du vert sur les dents maintenant. *Je peux aller aux toilettes pour me rincer s'il vous plaît monsieur ?* Je ne réponds pas. Il répète : *je peux aller aux toilettes ? Monsieur ? – Qui est Huckleberry Finn ?*

Maintenant, je dois expliquer l'esclavage, les unionistes et les confédérés, le sud étatsunien, et même en revenir au commerce triangulaire. Je m'arrête, me rassois, mets les talons sur le bureau pour signifier que si les bavardages ne cessent pas le cours ne reprendra pas. Parfois, je pousse le vice jusqu'à énoncer la saloperie suivante : *si vous ne faites pas votre métier d'élève, je ne ferai pas mon métier de prof.* Alors il se trouve toujours un élève un peu grande gueule, heureux de jouer à l'adulte responsable, pour hurler plus fort que les autres : *le prof il attend !* – et une dizaine de chut insupportables émergent avant la prochaine gueulante. Et Obi imperturbable, peinturluré jusqu'au poignet, s'entête à faire entrer dans le corps du stylo vert un crayon bois trop large enduit de gel hydroalcoolique. Je montre la carte des États-Unis, désigne les confédérés, puis –

Ils savent même avant moi, exercice ou pas, nul ne se pose la question, moi dépité car c'est baisé pour ma carte, et les élèves gagnent vingt minutes gratuites. Alarme incendie. Dawa général. *Ne prenez pas vos affaires. De toute façon je ferme la porte à clef*, mais certains n'en ont rien à foutre et prennent quand même leur sac. Dans le brouhaha, je distingue Candice accroupie près du sac d'Obi ; on la bouscule ; Obi est loin, passionné, occupé à grimper sur le dos de Kelyan et Kelyan occupé à l'en déloger en heurtant violemment ses camarades. Malgré la tempête, je ne quitte pas Candice des yeux. Il faudrait maintenant ouvrir la porte et demander aux élèves de sortir dans le calme, mais je reste comme un plot, la salle cocotte-minute et la sirène flinguant les oreilles. Candice saisit cette chose au fond du sac d'Obi, difficile de dire ce que c'est, elle a la main dessus et un air radieux sur le visage. Elle trottine vers Shaun avec une étoile discrète refermée dans le poing. Au moment où elle le lui remet, je jurerais aussi que les néons de la salle perdent un peu d'intensité.

Ouverture, flot des élèves qui s'engagent dans le couloir et rejoignent la cohue des autres ; puissance des doudounes sombres giclant hors des salles comme de la pulpe pressée ; on se checke au passage sans un regard, mains ramollies qui se cognent l'une à l'autre, c'est à peine un salut, pure fonction phatique établissant que je suis là, tu es là, et on se fait des croche-pattes au passage. Les portes coupe-feu ne se déploient pas, constate Madame E. dans le couloir, pas grave, le principal est là, au pied des escaliers trop étroits qui forment un goulot d'étranglement, chronomètre en main, *allez allez, tous dans la cour*.

C'est Madame E. qui remarque la première : *tu as vu les rats aujourd'hui ?* On sait que dans le collège, comme partout en ville, il y a des rats. On les voit parfois qui traversent la cour à toutes jambes puis s'évanouissent dans les lézardes du bâti. En fin de journée, après le départ des élèves, si on tend l'oreille on peut même entendre des couinements plaintifs depuis les murs ou le dessous de la terre. Ils n'ont plus peur des enfants depuis longtemps, et les enfants ne les craignent pas davantage. Quelquefois, certains élèves agiles parviennent à en capturer un par la queue et lui font subir les pires sévices. Une année, le phénomène a pris tant d'ampleur que l'infirmière, de passage au collège pour sa tournée hebdomadaire, a dû placarder une affiche rappelant que les rats transmettent des maladies affreuses, avec une illustration représentant les corps médiévaux des pestiférés. *Tu n'as pas remarqué comme ils sont énormes ?* Je hausse les épaules, *non.* Elle tend la main vers la partie déserte de la cour : *regarde !* Mais quelque chose me retient à la salle, au geste de Candice, alors je tourne la tête avec un temps de retard. *Quoi ? – Deux rats ! Énormes...* Madame E. est un peu pâle : *j'aime pas ces bestioles. Elles devraient pas être si grosses. Qu'est-ce qu'ils ont bouffé aujourd'hui ?*

mardi, 10 h 40

Perdue dans les entrailles du bâtiment, local des agents, Jocelyne n'a pas bougé. C'est bon quoi, c'est la pause et de toute façon personne ne vérifiera qu'il reste quelqu'un ici. Sur la table en formica, un fond de café lyophilisé dans un gobelet, un tas de serviettes dans leur emballage plastique et des couteaux de collectivité émoussés. D'ici, on ne perçoit presque pas le bruit de l'alarme. À l'étage, ramdam des chaises qu'on déplace. Certains jours, les semaines précédant les vacances, elle entend gueuler les professeurs malgré les deux plafonds qui la séparent des salles de classe. Il reste les toilettes à faire, ensuite la cantine et c'est marre. Mais l'ampoule vacille : la lumière blanche, toujours triste ici, décline un court instant. Soudain, la natte bleue immense qui pend dans son dos, qu'elle cache sous sa blouse pour n'effrayer personne, s'agite un peu. D'abord à peine un soubresaut, puis un mouvement plus ample avant de s'exciter franchement – Jocelyne comprend : peut-être que ça commence.

Lorsque l'alarme s'arrête, elle veut en avoir le cœur net. Elle sort par la porte de service pour ne croiser personne, fait le tour du bâtiment jusqu'au gymnase et prend le chemin de la cour. À l'angle, au pied du garage à vélos, elle lève la tête et considère une dizaine de perruches vertes, attentives, juchées sur un poteau téléphonique. Quand elle atteint la cour, les enfants sont tous là, et elle n'a pas de mots.

Agrippés par centaines, ils forment une masse faramineuse s'étalant dans la cour comme une omelette baveuse. Ils se grimpent dessus, s'écharpent, trébuchent et se relèvent, les visages creusés balayés de morve. Frénésie des empoignades, déchaînement des coups donnés et rendus, des courses raides déséquilibrées vers aucun point de mire, essaim ou meute travaillant au chaos dans la joie. Jocelyne en reconnaît certains, tous profondément changés. Elle observe, stupéfaite, leurs faces boutonneuses au front étiré, les mâchoires gaufrées hersées de ferraille, les jambes immenses et les bustes minuscules, les ventres lourds gonflés d'air sucré. Jocelyne enfouit son visage dans ses mains – qui les verra comme elle les voit ?

finir l'école

jeudi, 17 h 55

Et moi comme un con, avec la salle imbibée de solvant et rien pour la combustion. J'entends les pas lourds à toute vitesse d'un corps mal fichu et tremble – cette fois, c'est la taule. Puis je me fige la bouteille à la main en voyant Obi. Ses cheveux courts crépus et sa bedaine mal fagotée. Son corps trop grand pour lui, ses yeux noirs innocents à demi fermés, le manteau enfilé d'une seule manche et une main dans la poche. D'abord, je suppose qu'il vient pour se venger, crier ou fondre en larmes, mais il a ce geste : lentement il sort la main de sa poche, tend son bras le poing fermé, puis – c'est une offrande – ouvre doucement les doigts et me tend son fétiche.

Obi veut que j'accomplisse le grand acte de ma carrière ; d'un hochement de tête je l'invite à s'en charger lui-même. Il tourne maladroitement la pierre à deux mains, s'y reprend à deux, trois reprises : une lueur apparaît.

Silence de mort dans ma tête, c'est ce qu'il faut. J'approche quelques allumettes serrées bien fort, les têtes de phosphate s'embrasent, et dépose le fagot entre ses doigts.

Il reste un souvenir, un parmi d'autres lancinant – et pourquoi maintenant que tout se termine ? car j'aurais juré que tout ce que je garderais de mon *expérience scolaire*, cette traversée enfant puis adulte des méandres démesurés de la bête, ce serait d'abord des cris et des vagues, un état chauffé de nerfs, de solitude et d'incompréhension. Ce serait aussi l'horizon quotidien d'une barricade, constituée de tables et de chaises renversées divisant la salle en son premier tiers, acculant le professeur coupé des vingt-cinq têtes rieuses informes et poignantes, qui vivent silencieusement leurs drames et bruyamment leurs comédies ; et les enfants eux-mêmes, qui, je le sais bien, au fond, ne sont pour rien dans la barricade, qui ne l'ont ni construite ni même souhaitée, ne voient pas non plus les gesticulations dérisoires du professeur.

Ce souvenir inattendu, au contraire, est sans barricade. Il date d'il y a quelques mois à peine. Pourquoi est-ce celui-là que les vapeurs de la salle ramènent à ma hauteur, et pas les autres – Obi, Candice, Shaun, ces centaines d'heures invisibles à ne même plus essayer –, c'est celui-là, pourquoi ?

Une classe dans la salle, une heure semblable à toutes les autres, une activité mal ficelée, conçue à la va-vite à la pause déjeuner : travail de groupe où il faut récrire

Molière, en transposant l'action de la pièce aujourd'hui dans leur ville. Tout ce que je voulais, c'était qu'on fasse semblant, moi d'être professeur, eux d'être à l'école, et que l'heure passe. Mais parfois, rarement et sans explication, un cours peut devenir une fête.

Sitôt les fiches d'activité distribuées, je les vois se plonger presque sans exception dans le labyrinthe des polycopiés. J'ai fait comme d'habitude, mêmes voix et gestes, mais cette fois-ci ça a fonctionné – pourquoi ?

Ils discutent autour des tables rassemblées en îlots. Sont tour à tour sérieux et rieurs, tantôt se découragent, chahutent. Soudain, un membre d'un groupe est accroché par un surgissement mystérieux dont il n'a pas encore l'habitude qu'on appelle intuition ; ça l'ébranle. Qu'est-ce qui vient qui n'était pas là ? Un peu perdu, il regarde le plafond, tâtonne, essaye de mettre en mots ; d'abord on se moque de lui puisqu'il s'emporte, mais enfin il rallie les autres à son intuition car elle est excellente, et ils s'engagent à sa suite – Molière dans leur ville. Enfin, l'un ou l'autre qui a la plus belle écriture reporte l'intuition ainsi mise en forme sur la fiche, puis les idées s'enchaînent. Ils corrigent, raturent, impossible de les arrêter. Ils s'y voient déjà devant la classe, sur la scène jouer leur Molière, s'ébahissent de leur puissance d'invention.

Et j'écoutais sans comprendre, incapable d'identifier la nature si particulière de ce bruit qui me prenait par surprise, et qui, je crois, me faisait sourire, simplement sourire, sans que je m'en rende même compte. Ça parlait fort, très agité, mais ce n'était pas le boxon habituel. C'était ramassé, structuré, tendu, une ondulation singulière au long de cette pulsation rythmique basse qu'est la réflexion. Quand on me posait une question, j'y répondais volontiers mais un peu désarçonné par l'enthousiasme. *Monsieur vous êtes de bonne humeur aujourd'hui !* Peut-être qu'on n'y est pas pour grand-chose quand ça fonctionne ou quand ça ne fonctionne pas. C'est une histoire de concordance, d'adéquation d'orbites, de solstice ou d'équinoxe. C'est une allumette qui prend ou ne prend pas. Quelque part entre la magie et la physique.

jeudi, 18 h 10

Il faut le dire : Jocelyne avait gardé tant d'aigreur en elle, ces dernières semaines, que la première chose qui lui a traversé l'esprit a été : bien fait pour leurs gueules ! Ne serait-elle pas la mieux placée pour dire que de toute façon il fallait que ça crame et tabula rasa ? Atéba en furie derrière tournoyante et tous chevaux lâchés, et l'impulsion première instinctive de se repaître des flammes et des fumées déjà là partout. Quelques minutes plus tôt, Jocelyne voyait Obi et le professeur s'enfuir à toutes jambes – qu'est-ce qui se passe ! –, puis elle a senti l'odeur.

Mais on respire difficilement dans le couloir où la fumée chargée d'émotion vicie l'air, et soudain elle panique, s'en veut terriblement que sa première pensée n'ait pas été pour eux – comment a-t-elle pu ne pas penser d'abord à eux ? Est-ce qu'il y a encore des élèves dans le collège ? Est-ce qu'ils sont en danger ? L'alarme incendie se déclenche enfin, mais cette fois-ci ce n'est pas un exercice. Jocelyne fait le compte, mentalement, des cinq cent quarante-huit élèves du bahut, un à un – où sont-ils ? Elle les passe en revue et cherche des signes, attentive extrême, tout yeux tout oreilles et l'atéba comme un radar, entre les murs de ce collège qui n'a jamais été si bouleversant. Elle guette des auras égarées et consulte les bestioles nombreuses, cachées dans les failles du béton, qui savent mieux que quiconque – et elles disent, ces bestioles ne craignant pas les flammes : pas de panique, les cours sont finis, untel à cet instant précis donne le goûter aux petits frères, l'autre accompagne la mère aux courses, fait des reels pendu à son téléphone, certains font les devoirs, etc., tous les cinq cent quarante-huit sont saufs – moins Obi. C'est pour lui qu'on s'inquiète à présent.

Fond du couloir, descendre l'escalier, traverser le hall, porte de service – elle va par où ils sont passés. Et c'est pendant qu'elle file à leur poursuite que l'évidence s'impose et vient remplacer le bien fait pour leurs gueules et tout cet instinct de mauvaiseté : le gâchis, évident le gâchis, incontestable au regard de la fumée qui noircit déjà les murs et fige de suie le tableau. Elle pense aux gestes automatiques accomplis toutes ces années, les siens, toujours les mêmes, que la chaleur biffe au même titre que les leçons des professeurs et les dessins sur les tables des élèves. Alors, très vite, au sentiment de gâchis succède la colère, et elle voudrait les choper par le colbac et leur faire comprendre leur stupidité, à ce petit morveux et à l'autre taré. Ils sont à trois cents mètres, rapides dans le dédale des ruelles par où le personnel accède au collège. Jocelyne fait de grands gestes et crie, mais ils ne se retournent pas. À première vue, on croirait qu'il gambade, le morveux, et qu'il pourrait s'envoler entre deux pas si la pesanteur ne le ramenait pas au sol in extremis. Le prof, lui, garde l'allure raide et pressée de tous les profs quand ils sont en retard.

jeudi, 18 h 20

C'est juste derrière, on y voit le panache. Terrain vague rongé d'herbes hautes avant la cité, avec l'arrière-plan infini des toits bardés d'antennes et les lamelles de soleil rouge qui se déposent lentement. Depuis ce promontoire, on aperçoit le collège, la salle au deuxième étage, et par ses fenêtres cassées en position ouverte la vomissure grisâtre par quoi s'échappent les milliers de voix chimères enfermées, paroles naïves s'évanouissant dans l'air gris.

Obi et Monsieur V. sont juchés bien droit parmi les fougères, bêtes, regards hâves, main en visière contre le front. Ils guettent patiemment les premiers rougeoiements extirpés du toit, jugent les craquements, attendent que crève pour de bon leur bête.

Jocelyne arrive, claudicante, yeux et démarche sorcière. Elle pensait leur mettre une bonne beigne, et puis leur dire j'ai tout vu, vous êtes des grands malades, je dirai tout aux flics, etc. – mais non, rien. Elle a compris – c'est peut-être la seule, d'ailleurs, à avoir compris quelque chose de ce foutoir innommable qui a détruit son école – elle a compris que l'acte, pour spectaculaire et terrible qu'il soit, n'est pas ce qui compte. Ce qui compte c'est par quoi ça vient, c'est la souffrance qu'on ne reconnaît pas, qu'on ignore par flemme ou par lâcheté ; ce qui compte – ce dont elle va témoigner, ce dont tout le monde devrait témoigner – c'est l'inattention générale à ce corps si fragile quand il n'est pas déployé qu'est l'école, et pour la vie et l'honneur des élèves. Elle s'assoit dans l'herbe, dévastée, à quelques mètres derrière les deux autres restés debout. À son tour, elle regarde ce qui dans le même mouvement se détruit, s'oublie et sonne comme ultime avertissement.

Mais qu'est-ce que vous avez fait ? elle demande, et Obi se retourne, très calme, et avec toute l'éternité dans la cervelle : *on n'aura qu'à dire qu'on a fini l'école.*

Glossaire

AED : Assistant d'Éducation. Anciennement surveillant.

AESH : Accompagnant d'Élèves en Situation de Handicap. Favorisent l'autonomie des élèves handicapés dans l'établissement.

ASE : Aide Sociale à l'Enfance. Service dont la mission est de venir en aide aux familles et aux enfants rencontrant de graves difficultés sociales ou économiques.

CPE : Conseiller Principal d'Éducation. Chargé du bon déroulement de la vie scolaire, il fait le lien entre les élèves, les professeurs et les parents.

DASEN : Directeur Académique de l'Éducation Nationale. Représente le recteur d'académie, participe à la mise en œuvre de la stratégie éducative en lien avec les chefs d'établissement.

Éducation Prioritaire : voir REP.

REP : Réseau Éducation Prioritaire. Ensemble d'établissements qui concentrent les difficultés scolaires, sociales ou économiques.

SEGPA : Section d'Enseignement Général et Professionnel Adapté. Classe accueillant des élèves présentant de grandes difficultés scolaires, afin de faciliter la poursuite de leur scolarité.

Remerciements

Ce livre est dédié aux enfants et aux adultes des pauvres écoles.

Remerciements chaleureux à Josée, Anne-Marie, Élise, Marisa, Olpha, Sophie, Alexis, Laure et Arnaud pour les mots dits, qui ont donné au livre son élan.

Et à B. pour tout le reste, immense.

ISBN : 978-2-493213-80-8

IMPRIMERIE NORMANDIE ROTO S.A.S.
DÉPÔT LÉGAL : JANVIER 2025. N° 156446 (2404441)
IMPRIMÉ EN FRANCE